朱 夏

1920 — 1990

诗人地质学家朱夏

罗静　王月清　　著
张渝昌　等

同济大学出版社
TONGJI UNIVERSITY PRESS

目录

序　　／　7
　　刘光鼎　／　7
　　周祖翼　／　11

1　小可一语惊煞人　诗礼之家有传承　／　18

2　晓窗分与读书灯　慈师初识智慧根　／　27

3　水麓山隈日日忙　名师门下有高徒　／　31

4　天寒谁与护孤魂　盈箧感怀谴谤书　／　38

5　别昼空留三宿恋　情真一粟永心存　／　44

6　等闲识得东风面　柳暗花明又一村　／　49

7　神驰天涯迟归棹　人生慎重不潦草　／　59

8　远洋深造遂人意　憧憬未来寄希冀　／　63

9　东方朦胧天正晓　游学海外是一招　／　73

10　风流倜傥返故国　一腔热血展宏图　／　81

11	黑油山下试弓刀	不负征程在今朝	/	90
12	豪情逸志坦荡心	莫逆之交现真情	/	96
13	理论实践有差异	盆地建模创新意	/	104
14	潇洒一生酒伴书	牛棚栏下诗助兴	/	114
15	惜才自有燕昭王	才情但凭高人赏	/	125
16	生死攸关几折旋	白头仆仆恋风尘	/	129
17	学者潜心作贡献	诗情地学两相妍	/	137
18	安贫乐道执教鞭	儒雅风趣育后人	/	151

附录 朱夏年谱 / 164

后记 / 167

序

刘光鼎

《诗人地质学家朱夏》一书即将付梓出版，可喜可贺。

朱夏先生祖籍浙江嘉兴，1920年生于上海一书香世家。1936年，年仅16岁的朱夏考入南京中央大学地质系，毕业后在重庆中央地质调查研究所工作，参加过程裕祺教授领导的西康矿产地质路线调查等在西南地区的地质调查工作，以及黄汲清先生领导下的各种地质图的编制工作。1946年，朱夏求学于瑞士苏黎世联邦理工学院(E.T.H.)，新中国成立，一穷二白，百废待兴，各类科学技术人才稀缺，朱夏闻讯后毅然中止学业回国，偕同夫人严重敏女士热情投入到新中国的建设中。先后受地质部的委托，协助组建（筹建）了浙江省地质调查研究所、华东工业部地质处、地质部海洋地质研究所等单位。

我和朱夏先生在思想上、工作上、生活上有过30余载的交集，他的风骨之高傲、学识之渊博、思想之深邃对我产生了很大的影响。1953年，朱夏在地质部地质局主管煤田勘探，1955年赴新疆开展准噶尔盆地石油地质普查，撰写了《新疆准噶尔盆地的油气远景评价》，成为发现克拉玛依大油田的奠基者之一，后来他又主导了青海柴达木盆地油气普查，发现冷湖浅层工业油流和马海、盐湖构造的天然气。他带领团队曾穿越了可可西里和唐古拉山，探索柴达木盆地的形成机制。之后，他被调回北京安排去东北协同石油工业部勘查松辽盆地，成为大庆油田的主要贡献者之一。20世纪60年代初期，朱夏先生自立盆地研究命题，以内刊译文代序发表《关于含油气盆地的讨论》，1964年当选为第三届全国人大代表，他的学术造诣、渊博知识、敬业精神曾得到何长工、王震等国家领导人的肯定。在"大跃进""三面红旗""天灾人祸""文革十年浩劫"等一个个特殊的历史阶段，我和朱夏先生都被定性为"现行反革命分子"，一起"享受"了关进牛棚、挨批斗、下放劳动改造的"待遇"，每天只能夹着尾巴做人，就是在那样的环境里，朱夏先生仍一直站在地质的前沿，从未停止对理论的探索和对科学的追求，在牛棚里翻译《板块构造的岩石记录与历史实例》。他凭借乐观的革命精神和恬淡的知识分子理想，没有绝望，没有悲观，计划可以搁浅，探索不会停止，以非常之精神挺过了非常之岁月，且看他当年诗词为证：

　　请罪归来且看书，半棚牛鬼半棚猪。
　　檐前冰柱消犹长，心底思潮有渐无。

　　敲锣打鼓听喧阗，片语传闻落九天。
　　一线已分人鬼际，大呼未许且高眠。

文革以后，朱夏先生身体清瘦，温文尔雅，幽默风趣，外观看起来似乎稍显羸弱，但内心依然铮铮硬骨。在西部野外地质工作中，他和年轻同志一起上高原，踏雪域，攀戈壁，跨荒漠，餐风宿雨。当时野外地质工作环境之恶劣、条件之艰苦，甚至还有生命危险，现在的年轻人可能无法想象，没有无惧无畏的敬业精神，不一定能走过那段岁月。作为新中国第一代科学家,他早已成为石油界、地质界后生们学习的榜样。朱夏先生于 1981 年当选为中国科学院学部委员(现在的中科院院士),并兼任同济大学教授、博士生导师。20 世纪 60 年代开始,朱夏领导的团队致力于盆地形成、演化的运动机制研究,运用历史演化、全球联系、深刻根源和动力作用方式等观点,按照"理论建模—实例校验—动态模拟"的程序,开展了盆地系统的研究工作。1979 年,在地质矿产部石油地质中心实验室(现为中国石化石油勘探开发研究院无锡石油地质研究所)提出了时至今日仍在不断发展和广为应用的盆地 TSM 系统分析程式。朱夏先生以提携后学者为己任,一直认为,好的导师就要琢磨如何发挥每个研究人员的潜能,给予他们一个充分实现自我价值的舞台,重视有才能的后来人,培养出超过自己的年轻人。他言传身教,满怀热忱,在油田、高校、科研所,培养和造就了一大批敢于创新、敢于拼搏的勘探家,一大批孜孜追求、勤于钻研的科学家。

朱夏先生撰写过《矿物原料概论》《中国的金》《煤地质学的理论问题》《中国中新生代盆地构造和演化》《构造断裂的分裂及其几何研究法》等专著和译著,了解他的人也知道他是一位才情横溢的地质诗人。他 10 余岁开始诗词创作,一生从未辍笔,留下诗词千余首。从 20 世纪 40 年代以来,他的诗词蜚声学术界,其中描写地质生活的诗作占有相当比重,后由地质出版社出版了《朱夏诗词选集》。朱夏诗情满怀,不因工作所累,不为生活所难,繁忙的科研、教学、行政事务工作,对年迈的身体构成了严峻的挑战,但他毫不示弱，以诗言志，表达了要更加努力的决心：

> 老去原知步履艰，江山未许此身闲。
> 传薪献曝心犹壮，烈士何尝有暮年。

从朱夏先生的诗词中，我们看到了他一生的奋斗不息和卓著贡献。

2016 年 7 月 5 日

序[1]

周祖翼

看到 4 月 14 日《新民晚报》上刊登的杨忠明先生的"民国诗杰朱大可"一文，不由忆起朱大可先生的儿子、我的博士生导师、1990 年去世的中科院学部委员朱夏先生。

民国诗杰朱奇先生（1898—1978），浙江嘉兴人，字大可，号莲垞，室名蒲石居，早年与严独鹤、陆澹安等先生合办《金刚钻报》，同时也供职申报馆，善诗、工书，金石家朱其石是他胞弟。民国时期诗人陈石遗曾辑清末民初旧体诗《近代诗抄》一书，入选的诗人中朱大可先生是最年轻者，可见他在当年也能名列诗坛之翘楚人物。

朱夏，字小可，是我国著名的地质学家，生前为我国石油天然气勘探事业累建功勋，是获 1982 年国家科委表彰的大庆油田发现者之一。朱夏同时也是一位著名的诗人，其诗作曾在《诗刊》《雨花》等刊物发表，北京的地质出版社在其逝世后曾出版有《朱夏诗词选集》。

朱夏幼承家学，少年诗作已有佳句名篇，获得国学先辈的赞赏。他曾说过："要是我不搞地质而专心从事诗的创作，成就可能不在地质之下。"朱夏 11 岁随父母游富春江时，他从严子陵"先生之风，山高水长"想到了山何以高、水何以长，古今游记的博览则更使地

---

[1] 此文发表于 2010 年 4 月 22 日的《新民晚报》"夜光杯"。

学思想的幼芽在其心灵深深扎根。1936年，年仅16岁的朱夏考入中央大学地质学系，从此开始了他踏遍青山，"笑傲江湖"的地质生涯。在朱夏从事地质事业的漫长岁月中，他一直爱好从童年时就深为向往的诗。朱夏的诗，多与自己的经历和见闻有关，寓意深沉，韵味高雅，格律严谨。处广漠戈壁滩，居僻远荒草地，他写诗自娱；攀百座山，行万里路，他写诗自励。

饱尝野外勘探的艰辛，他曾写——

> 席地幕天任所之，鲁戈在手夜来迟。
> 山径地理商量遍，独向寒崖索小诗。

欣慰于学术上取得的成就，他曾写——

> 各领风骚漫比高，学无畛域地非牢。
> 中华自有须眉在，彤管区区愧捉刀。

当国家有关部门20世纪70年代开始在东海进行油气勘探时，朱夏建议以杭州西湖胜景为东海地质构造命名，1983年东海平湖构造钻获工业性油气，朱夏喜作词一首：

> 遏住洪波，钻开玉垒，九渊唤起潜龙。记否当初，沙沉潮落，无边大泽迷濛。浩劫岂无穷。喜香涎凝喜，银甲生风。破壁重来，一点灵犀海陆通。
>
> 沧溟为记游踪，借明湖胜景，指点相逢。射虎南山，掣鹰北国，浩茫凭诉心胸。酹酒向琼宫，看牵鲸就缚，捉鳖归笼。吩咐铜

琶铁板，唱彻掉头东。

朱夏是一位儒雅风趣的学者。1981年南京某报误将其名字刊为"失夏"，朱夏见后作一诗寄送报社——

> 铮铮脊骨何曾断，小小头颅幸尚留。
> 从此金陵无酷暑，送春归去便迎秋。

嵯峨的大山，喷薄的流水，造就出朱夏深沉而宽广的胸襟；诗情墨意，熏染出朱夏脱俗而雅隽的情怀。他借物喻人，以物明志——

> 未许苍山染黛青，还愁冷面白无情。
> 此身愿与珊瑚伴，银烛秋光暖画屏。

这是朱夏在年将七十时所作的一首咏叹"红色大理石"的诗，字里行间流露的是一个高洁持身而又热情待世的诗人学者的夙愿，他正以银发盈头、青春尽献之身，在为国家经济建设和地质科学进步的"画屏"，不断送着温煦的暖意。

2016 年 7 月 1 日

锦江春色自东来，衡岳浮云破晓开。
百岁玉兰矜老健，满庭芳草劝徘徊。

　　这是一位老人临终前的诗吟。他侧卧于上海市华东医院南楼的病榻上，虽然外表羸弱，但英神内敛，凝视着阳台外生机勃勃的白玉兰，满怀对人世无限的关爱和期望。几天后，他安然阖眼，与世长辞。他，就是蜚声国内外的一代地质巨匠，共和国杰出的科学家，当年曾被《大公报》誉为"爱国地质诗人"的朱夏。

　　消息迅速传到北京，正在开会的中国科学院地学部委员们不禁泪下，全体起立为这位缺席的学部委员默哀致敬。几天后，地质矿

1990年秋，朱夏在上海华东医院病房阳台上

产部组成了追悼筹备组,在上海龙华殡仪馆主持举行了追悼会。热爱、尊敬朱夏的亲朋挚友、高足后学,纷纷前去告别。灵堂布置肃穆,中央摆放着时任国家副主席王震敬送的花圈;左侧摆放着国务院副总理余秋里、康世恩及石油工业部领导和所属勘探局敬献的花圈;右侧是地质矿产部领导夏国治、塞风及部属勘探局、江苏石油勘探指挥部、上海海洋地质调查局和同济大学的花圈。不能亲身前来的故友,纷纷发来唁电。

正病卧在床的学部委员关士聪悲痛不已,书写挽词"相知五十春秋,我送朱夏先行,奈何此别,挥泪拟挽",专程托人送来。关山送别朱夏挽联,上联曰:

> 笑谈全球构造,毕生与油气交道,国兴家齐愿略酬,心当少牵挂。君且先行一步,莫忘诗酒携天上,放眼苍穹,风度翩翩。

朱夏与关士聪(右)合影

下联为：

　　苦研小盆沉积，半世为地质奔波，精疲力竭志渐衰，命何多坎坷。我暂迟到片刻，待将牢骚留人间，回首沃野，烟云漫漫。

这副挽联正是朱夏一生的写照，读者无不为之动容。

1　小可一语惊煞人　诗礼之家有传承

1920年9月10日，朱夏出生在上海一个诗礼之家，祖籍浙江嘉兴。父亲朱奇，字大可，就给儿子起乳名为小可。

每逢人们问起朱夏的身世，他总是戏谑地说是"敲石头的"。原来过去浙江有一种职业称为"金文"，就是在石头上撰刻文字，记录历史，由此石刻与书法颇有渊源，如有家族长期从事这一行业，传承累积会给家族留下丰厚的文化底蕴。朱夏祖父朱丙一，当时在上海就以刻印、画画为生。朱夏祖母的哥哥天台山农，是嘉兴当地知名的书法家，尤其擅长题写巨幅字匾，那时还没有放大的技术，方圆几百里之内，要写大字都会慕名来请，嘉兴寺庙里那大如桌面的四个字"大雄宝殿"，就是他的杰作。朱夏祖父与这位舅爷关系甚笃，几乎天天在一起谈诗论画，互唱互和。朱夏叔叔朱其石也是以刻印、书画为生，名噪一方，老一辈提起他无人不知，可惜不到60岁就过世了。

朱夏父亲大可先生曾在中央大学（今南京大学前身）农学院攻修农科，还曾在日本短暂留学，民国初年迫于政局动荡返回上海，以教授国语为生。大可先生自号莲坨，与张大千等交往，专攻古文字，曾著《唐诗三百首新注》在香港刊出。他身后遗稿装满数箧，其中《古

朱夏童年在鸣社诗会活动中的留影，后排右起第一人朱夏，第二人朱大可

籀蒙求》《周易复古篇》等著作，经由朱夏多年整理并作序，终于2002年6月由后代刊出问世。纵观著述，微言精义，治世力行，自然对儿孙树立典范，影响深远。

朱夏出生时，大可先生正在上海家居附近的一所中学教国文。时逢五四运动前后，文言文仍然流行，上海聚集着许多名噪一时的旧体诗人，如被美誉为"近代词宗"的朱彊（音同强）村、著名词家夏敬观等，都是上海鸣社诗会的成员，常以诗词爱好相约聚会。大可先生与他们每隔两个月共餐之余，就即席对赋，谈诗论词，不亦乐乎。朱彊村、夏敬观都比大可年长一辈，因吟诗成为忘年之交。

在品酒评诗这种"谈笑有鸿儒，往来无白丁"的场合，经常也会有小朱夏的身影。

朱夏用他那好奇而稚嫩的童眸饶有兴致地看着、听着、感受着，饱读诗书，操练书法。他 8 岁那年，随大可先生一起陪同朱彊村等诗会诸君，前往自己的老家嘉兴君一庄的朱庵游玩。那里有两棵明朝的桂花树，树干粗得两人合抱不过来，高至三丈，密密匝匝，层层叠叠，可分七级，望之如塔。桂花树下，众文人兴致勃勃，或仰头观望，或凝神遐思，轮流赋诗作词。轮到小朱夏时，他竟然毫不胆怯，也念出了四句。词句虽说不上有多雅，却得到了朱彊村的颔首称许："不错！这个小家伙挺有灵气！"

就这么一句小小的表扬，给了小朱夏莫大的鼓励，在他心中掀起了诗的波澜。从此，朱夏对诗词的兴趣日益浓厚，更是好学上进。10 岁时，当他再跟着父亲及鸣社的诗友们重游朱庵时，已能够当场作四首诗，唱和父亲作的《庚午秋日偕鸣社诸君同游朱庵》：

岸柳初黄汀蓼红，南湖八月正秋风。
看花又报朱庵好，柔橹声声烟水中。

两树连蜷台桂古，一龛明灭佛灯青。
荒庵也自饶佳趣，岁岁花开户不扃。

鸦翻夕照雁衔霜，君一貌存旧日庄。
欲拟小山招隐赋，只怜好客欠淮王。

年年修禊记鸳湖，访桂朱庵又作图。
试问青城老画手，攀枝人是不才无？

赢得了友人的交口称赞，也让一向严格而不失开明的父亲对儿子的才气有了新认识。

朱夏日渐深厚的文学修养还归功于母亲孙企馨的悉心培育。孙企馨是浙江湖州人，少学蚕桑，婚前以此谋生，婚后由于上海无此行当，便专心在家相夫教子。她也有一定的古典文学修养，平日常与大可先生吟诗唱和，从朱夏四岁起，就在枕边对他低诵经典的唐诗佳作。母亲柔和的嗓音和富有韵律的节奏，使得动个不停的小朱夏安静下来。他睁着一双清亮的眼眸，静静地聆听，有时也随跟在后面稚气地念诵。家里总是弥漫着温馨风雅的气息。

国民党当政时，要想当上国立大学的正式教授，除了才学以外还得有一定的资历或关系。大可先生并非文学专业出身，加之他无意从政，虽然满腹经纶，但无缘大学教授。曾经有人想借他的名望拉拢他做政客，于是大可先生很年轻时就留起了胡子，当来人向他游说时，就以一句"我老了，还请另选高明吧"婉言拒之。大可先生一生从事教育，除了当中学教师，还在上海附近几所有名的私立大学如正风文学院、无锡国学专修馆任教，收入养家，虽然谈不上有多富裕，但在当时也算小康。

在家庭的文学熏陶下，朱夏渐渐发现文人骚客大多喜欢亲近山水，文学与山水之间似乎有着某种天然的联系，幼小的心里便充满了对自然山水的向往和喜好。朱夏最盼望的便是每年春秋佳日举家

朱夏童年（左）与母亲孙企馨的留影

朱夏与父亲（前中）晚年的留影

出游，虽然经济条件不允许他走得太远，但江南一带的风景胜地无不踏足，从苏杭郊外以至富春江。小小少年由此对大自然，对"土、石、山、水"，有了懵懂的认识和热烈的渴望，似乎也让他依稀寻找到了自己未来人生航船的方向。

12岁那年，朱夏跟着父母和父亲的两名学生，雇了一叶小舟，从桐庐镇出发，沿钱塘江而上，来到比江面高出一百米以上的严子陵钓鱼台处。站在高高的钓台上，任凉爽的秋风拂过面庞，吹动衣襟。极目远望，青山绿水、白云悠悠，江面开阔壮观，滔滔江水长流不息。这时父亲正在吟诵严子陵的诗句："先生之风，山高水长。"少年朱夏心里却怦然一动："钓台这么高，怎么钓鱼呢？莫非是当初山没这么高？要不现在水面降低了吧？"这时的朱夏尚不知地质学为何物，但总觉得风景当中有些学问。

面对严子陵钓台的疑惑，带着对自然界变化的不解，好奇的朱夏回到家里，拿起《徐霞客游记》如饥似渴地读了起来，书中广博的地理知识和美丽的山水画卷，犹如巨大的磁石引发朱夏无限的思考。尤其是书中那句名言"行万里路，读万卷书"，使朱夏产生的某种遥想，似乎变得伸手可及而又那样妙不可言。这时，朱夏的心头倏忽之间燃亮了一盏明灯，仿佛为他所向往的未来照亮了一条前进的道路。"等我长大了，就去各地游山玩水，做个旅行家，亲自解开那蕴藏在大自然风景中的奥秘。"从那时起，这一憧憬如同一颗小小的种子，在朱夏心中生根发芽，并日复一日地成长茁壮。

朱夏没有上过小学和初中，数学、语文都是母亲教的，外文则由父亲请了一名学生来补习。后经旁人劝说，1932年，朱夏以同等学历去报考正始中学，当时父亲正在该校教书。考试数学成绩不错，作文得了满分。考完后，校长对大可先生说："能写得这样一手好文章的人还念什么初中？直接上高中吧。"就这样，年仅13岁的朱夏直接上了高中。

虽然朱夏之前没有接受过正规的学校教育，但过人的天赋与良好的家教，使他并没觉得书读起来有什么吃力，相反很快就适应了这所严格得有些苛刻的学校教育。刚进校时朱夏英语跟不上，还要学法语，回到家就得抓紧一切时间"恶补"，除了家庭教师辅导外，其余时间都要自己熟读课文、背单词,但他很快就赶上了同班同学。正始中学是一所实行淘汰制的私立学校,朱夏进高一时,全班有30名同学;临近高三毕业时,班上只剩下9名同学。而这些同学不少日后成为国内知名专家,其中包括著名的数学家吴文俊。1935年6月,上海所有中学的毕业班都参加了当时教育部统一举行的会考,朱夏所在班级取得团体第一名的佳绩,而朱夏的英语和法语成绩均名列前茅,离上海个人第一总分只差了几分。

朱夏中学毕业的那个时代,理工科已成为选学时髦,科学救国也是朱夏父母对于儿子的期盼。朱夏曾想选学新闻去当记者,可像徐霞客那样游历山河,但父亲不允。那时全国的理工科院校里,最难考的就属北方的清华大学和南方的上海交通大学。因政治局势十分严峻,中日关系剑拔弩张,考虑到儿子的安全,父母选择就近入学。于是朱夏考入了上海交通大学物理系,成为全系年纪最小的新生。

工科物理专业的学生要进行车床等工业劳作,朱夏回忆当时对电器躲得最远,火花一闪,生怕触电。那时他才15岁,少年爱动,整整一个下午要在实验室里耐心地采集数据、进行分析,实在是件让他难以忍受的苦差事。踢球成了他对付学业压力而自寻其乐的"副业"。他喜欢在弄堂里和伙伴们将书包分摆在两边当球门,踢起橡皮球来劲头十足,所以他一进交大就参加了物理系的新生足球队,还担任了队长,在学校新生联赛中夺得冠军,朱夏的名字上了交大体育馆的"光荣榜"。

朱夏对学物理并没有多大兴趣,不过大学环境却为他这个已经养成读书习惯的人提供了博览群书的机会。当他在学校图书馆读到一些地质学的书籍时，儿时的憧憬又悄然在心底苏醒，一个模糊的决定在那一刻冒了出来：放弃学物理！这时他有点惶惑，有点紧张，却十分兴奋。一个偶然的机会，他在与同学闲谈中得知交大有个土木工程系，基础知识是地质学，于是他从几名学土木工程的同学那里借了一本地质学讲义，浏览一遍后，恍然大悟：原来，还专门有这么一门学问，可以一边观赏山水，一边解答自然界种种有趣的问题；通过这些，可以向地球索取宝藏，解决工程地基问题。

兴奋的朱夏立刻跑到土木工程系办公室详细打听了学期的课程设置，了解到暑假的时候会去青岛、庐山实习，还要在太阳底下做测量。这些听起来是那样的美妙。"这真不错！"朱夏迷惘的前程一下清晰起来，躁动不安的心灵终于有了自己想要的归宿和依靠。就这样，朱夏彻底放弃了学了一年的物理学。第二年暑假，朱夏背着父亲，偷偷重新参加考试，结果收到中央大学地质系的录取通知书。

1936年秋，朱夏离开上海，来到中央大学，专攻地质，从此奏响了踏遍青山的地质组歌的序曲。这是他一生中第一次做出最重要的选择。

2 晓窗分与读书灯　慈师初识智慧根

如愿以偿读上心仪已久的专业，一向聪明、勤奋的朱夏置身于名师云集的学府中，更是如鱼得水，心无旁骛。不料，朱夏入学的第二年，日寇的铁蹄再次蹂躏中华大地，数月之内，上海、南京沦陷，偌大的校园内再也容不下一张平静的书桌，中央大学决定举校迁往重庆，朱夏和同学们只能在重庆松林坡搭的竹棚屋子里上课，但在一片爱国热忱中，学习生活气氛激情高昂。

在中央大学的学习中，朱森教授的讲课让朱夏在专业上受益最大。地质专业与别的专业不同，不仅要理论知识，更需要具备野外实践能力。朱森的野外工作能力令朱夏非常佩服，他不仅很能爬山，观察面广，讲解起来还简洁易懂。在朱森教授带领下，朱夏到过嘉陵江等地野外实习，看过剖面、断层。通过几次严格的野外工作训练，朱夏面前开启了一扇通往构造地质王国的大门。

图书馆的书籍则成了朱夏另一种意义上的良师益友。由于战争年代条件艰苦，因陋就简，朱夏和同学们的住宿条件很差，上百个人挤在一个大宿舍内，没法安心看书。机灵的朱夏突然想到了系资料室，那是由一大间隔成的两小间。于是朱夏自告奋勇向地质系申请担任图书室的义务管理员，一间大点的当借阅室，小一点的刚够放下一张小床，"以馆为宿，看完书还能睡觉，真是一举两得"，朱夏不禁为自己的这一小聪明兴奋不已。当上管理员的第二天，他从别处弄来一张半旧的小床放在小间里，开始夜以继日地遨游在知识的海洋中。

由于朱夏看书经常到深夜，第二天起得较迟，同学们往往已整齐地坐在课堂里听课了，他还在蒙头大睡。久而久之，在系里他那聪明、好学但爱睡懒觉的特点大有名气。有一天早晨，当时在中央大学担任地质系主任、兼授"矿床学"的中国第一代地质学家朱庭祜先生前来资料室查阅文献。睡意正浓的朱夏被敲门声惊醒，爬起来开门，见先生看着自己床上乱摊的被子和衣衫，不禁惶悚万状，尴尬到了极点，生怕遭到斥责。没想到朱庭祜对这个聪明好学爱睡懒觉的学生早有所闻，微笑地开口："你就是朱夏吧？昨晚是不是看书又看到很晚啊？要注意身体。我来找本书，没你的事，你继续睡吧！"先生的宽容让朱夏高悬的心落到实处，一股感激之情涌上心头。朱庭祜先生上课一般是连上两个小时，课间休息时经常会到资料室找书，此后再碰到朱夏睡觉，他就将自己前几次上课的教案讲稿或几册参考书放在朱夏的枕边，悄悄离去。朱庭祜的体谅与厚望，使得青年朱夏与这位恩师结下了深厚的友谊，此后的四十余年里一直相交甚笃。后来朱夏从国外留学回来，第一个想到的就是投奔到庭祜先生那里求职问路。解放后的60年代，朱夏已担任地质矿产部石油局副总工程师了，但每当路过杭州时，总是要整好衣冠，毕恭毕敬地去见庭祜先生。

读书时朱夏在系里是出了名的"江南才子",尤其是拔得头筹的学业成绩,使得在同学们的眼里,朱夏早已成为他们的榜样,他们的骄傲。加上随和谦逊的作风,儒雅清瘦的外表,无论是低年级还是高年级同学,都公认他是最优秀的学生。于是,考试前朱夏的课堂笔记成了大家争先借阅抄写的范本,往往他的笔记本在"周游列国"兜了一大圈之后考试的日期就到了,而他自己倒没时间温习。

一位女同学范瑾在临考前一段时间把朱夏的笔记借走,说是抄完了就还他,但考试一天天临近,她仍未归还;想到对方可能还未用完,朱夏也就不去催问。忽然一天,无意中从好友那儿听说范瑾不告而别,独自去了延安,他想自己的笔记本一定也被她带走了,只好苦笑着说:"唉,我自己还没来得及复习,就连本子也一起没了!"解放后,范瑾当上了北京市领导,那本子也就像飞去的黄鹤永远留在朱夏的记忆中了。

面对抗战期间日益恶劣的生活环境,朱夏与同窗好友业治铮、成我青、刘伊璜、马以思等依旧谈笑风生,乐观地评述战争前景。偶尔愁上心来,便一同前往沙坪坝的小饭馆,一边吃着火锅,一边交流学事、时事、天下事。三杯两盏淡酒下肚,刚才还阴云密布的心情便被朱夏的达观和风趣化解。同学之间相互鼓励,情开至诚,终身保持。

1940年,朱夏以优异成绩从中央大学地质系毕业,年仅20岁,是该校地质系历史上最年轻的一名毕业生。四十年后,同是中央大学毕业的著名国际地质学家许靖华从国外回访第一次与朱夏见面时,一边握着朱夏的手,一边开玩笑说:"我知道你,你的纪录是我打破的!"朱夏也轻松地说:"是的,因为我多读了一年物理学!现在看来地质学要走形象思维与逻辑思维结合的路。"许靖华十分推崇朱夏的学术思想,为了将中国石油勘探地质的研究成果介绍到全世界去,凭着他在国外的交往,策划了一套关于世界沉积盆地的丛书出版方案,首卷就是《中国沉积盆地》,特请朱夏主编。

3　水麓山隈日日忙　名师门下有高徒

经历了大学的洗礼与思索，有着鸿鹄之志的朱夏，在科学救国的道路上智勇地进行探索，给自己制定了"四个十年规划"。在此后近半个世纪的生涯中，虽然历史曾经跟他开过无情甚至有些残酷的玩笑，给他造成精神和肉体上的双重打击，但他的人生轨迹始终坚定地沿着青年时代对未来的规划运行。

读书是他的第一个十年目标。对朱夏而言，读书就是学习，而方式可以多样。毕业后早期从事实际工作，是一种学习；后来去国外留学，也是一种学习。而那些早期的学习实践，对于基础观念和基本工作有极其重要的帮助。

朱夏从中央大学地质系毕业时，中国正式的地质机构屈指可数，其中最正规的就是中央地质调查所，录取条件也最严苛。调查所每年考试一次，一般每次只录取两三人，联大、中大、重庆大学、中山大学等几个有地质系的学校的毕业生都有资格竞争。那个时代学地质的学生其实不多，与朱夏同年进校的不过十来个人，等到毕业时也只剩下5个，但即便这样，地质系毕业生找工作依然很难。

朱夏参加了调查所的笔试后不久，便接到了面试通知。他拿着通知暗自忖度：面试总要穿得讲究些，才能给考官留个好印象吧！

但是上海沦陷，他早就失去了家里的生活贴补，现在身上这件破行头只能平时穿穿，面试时怎么办呢？想了半天，终于有了主意。面试那天，平日不修边幅的朱夏将自己略略拾掇了一下，乱蓬蓬的头发梳得整整齐齐，上身穿着从别处辗转借来的白色新西装，下身还是那条从上大学起就一直穿的藏青色西裤，虽然上面印迹斑斑，但上装的鲜亮足以转移人们对裤子的注意。

朱夏本就外形儒雅，面目俊朗，个头将近1.8米，经过这番收拾，整个人焕然一新，更是风度翩翩，一点儿也不像一个穷学生，倒有点公子哥的味道。他以为自己的这身行头定会给主考官增加几分好印象，不料中央地质调查所所长、主考官黄汲清教授在看到他的那一刻，就微微地皱了皱眉，神色严肃地问道："你就是朱夏？"朱夏恭敬地回答："是。""哪里人？""上海人。""搞地质要吃苦的，你能不能吃得了苦？"朱夏立刻爽快地接口道："没有问题！"这个干脆的回答，加上名列榜首的优异成绩，总算博得了主考官对这个"公子哥"的首肯。40年后，黄汲清先生还记得他这身穿戴，朱夏只好呼叫冤枉！

朱夏得知自己被中央地质调查所正式录用，想到毕生将与自己心仪的专业为伴，想到地质事业博大精深，想到前辈对地质工作艰苦的谆谆教诲，想到未来人生的宏伟设计，一时百感交集，涌动的诗情难以克制，抓过纸笔，一气写下了三十二句的歌行体，以抒胸臆。这是从他学会写诗之后养成的习惯，而这一习惯如影随行，伴着他直至生命的尽头。同年，和他一起被录用的还有后来成为石油地质

野外地质考察中朱夏（左四）与同事留影

勘探领域领军人物的关士聪、郑定显等。

1940年秋，朱夏进入中央地质调查所工作的第一项任务，就是在黄汲清教授的指导下，以勘探油气为目的，对四川威远构造进行比例尺为1:1万的地质图测绘。在十多个月的工作中，朱夏接受了严格的专业训练，锻炼了基本的工作技能，培养了严谨的作风，为日后实践奠定了良好而坚实的基础。黄汲清先生也成为对他教诲最多、让他收获最大的恩师之一。

俗话说，严师出高徒。黄汲清教授是一位做事极为认真严谨，对弟子严格要求的学者。他的"严"是出了名的。你因为马虎做得不好，他就劈哩啪啦地对你一通"轰炸"，但只对工作不对人，说完就算。你如果觉得自己有理，隔几天也可以向他来个"反轰炸"，他也不会记仇。朱夏跟随黄汲清不久，就发现了黄老的这个特点，更记在心里。在做事上黄汲清总是以身作则，从路线地质测量到地质图填制，无不亲为表率。他的野外记录和素描工整精密，不仅让同行叹服，更是让聪明的朱夏敬佩之余找到了学习的榜样。

据说按老规矩，黄老对野外地质调查验收，要逐个地检查野外记录，每每这时大家的心底都有些忐忑，生怕过不了关。一次当黄老仔细地看过一人的记录后，勃然大怒："这是什么记录！怎么搞成这个样子！"说完，把笔记本朝地上一扔，不验收就拂袖而去。那人只好从头认认真真地将记录补齐、做好，专程跑到黄老下榻之处，交上第二次"作业"，才得以过关。

在威远，黄老照例要检查工作记录。其他人交上的记录本都是密密麻麻好几页纸，只有朱夏的本子上除了几个零星的产状数字，就是大片空白。黄老连翻几页，沉着脸把记录本举到朱夏眼前，愠怒地质问："公子哥，你说说这是怎么回事？"朱夏毫不慌张，恭敬而认真地把自己的工作情况作了陈述，既有野外勘察中观察到的地质特点，又有他自己的分析与总结，言之凿凿，有理有据，说出来的比那些同事记录在纸上的还要详细、丰富和全面，听得在场的所有人神色各异，有的惊讶，有的钦佩，有的嫉妒。黄老更是大吃一惊，刚才的怒火一扫而空，转而对这个当初在面试时心存疑虑的"公子哥"油然而生一股怜爱和欣喜，没想到麾下竟然藏着这么一个天赋极高、才气过人的弟子。这个插曲让黄老豁然悟到，朱夏不是一般的学生，他有着不同一般的慧根和灵性，对他不能像对其他人那样限以条条框框，而是要因材施教，特殊培养。

朱夏从大学便养成晚睡习惯，晚上精神特别好，周围环境也安静，很适合读书。在黄老先生手下工作时他依然如故，每到晚上往往一杯浓茶，偶尔还喝几口烈酒，孤灯之下，一头扎进无尽的知识海洋。自从知道朱夏的特长与习惯后，黄老早上去各个办公室"查岗"时，看不到朱夏的人影就不再追问"干什么去了"，但如果别人上班时间没有准时出现，黄老一定会加以斥责。整个调查所都知道黄老对朱夏格外"偏心"。

黄老先生通过威远天然气矿床构造调查培养新手，意义深远，造就了一批地质人才，许多后来成为新中国地质界的顶梁人物。对这些初出茅庐的弟子，黄老不止一次地反复强调："不要小看测量。填制地质内容必须用到地形图，自己如果不会测量地形，填图就会出错。一个地质人如果不会画地形图，就不会用地形图。测量是基本功，一定要练扎实！"朱夏听从安排，当起了测量员，认真掌握测绘技术。当他学会测量后，又跟着学绘图，不仅是绘自己测量的地形图，还帮着绘制同事测完的地形图。这也是黄老对他们的要求："你填我的，我填你的，一有错误很容易就能发现，谁也不能蒙混过关。"绘图的时间黄老也有严格的规矩：只准延长，不许提前，而且绘图时要标上地层划分的每一层界线，误差不能超过半个等高线（1米）。

那时绘一幅图大约要一个月时间，测绘的过程也很苦，一般是孤军作战，最多再带上一个工人。朱夏每天背着自己的地质包，就在土坡、山沟里攀上翻下，转来转去，拿着放大镜仔细地辨别层界，用地质锤小心地敲打岩石作样品。有的同事吃不了这个苦，马马虎虎填完图就进城交差，领到工钱便去玩了。朱夏却对看似单调枯燥的工作乐此不疲。在山野间工作得累了、饿了，他就地小憩，拿出随身带的几块咸菜和馒头，津津有味地大嚼起来。当肚子不再向他提出抗议时，便诗兴大发，拿出纸笔，略加沉吟后，一挥而就：

水麓山隈日日忙，一村争说怪勾当。
不贪夜识金银气，错被人呼盗宝郎。

打包行脚总萧闲，云水无心任往还。
我与野僧成一例，半为吃饭半游山。

朱夏完成的"作业"必须交给黄老检查，这是每个人要过的一道关。黄老的检查和一般人的检查不一样，不是看看就完，他还会按图索骥，顺着图纸上画的地质剖面，一会上山，一会下沟，进行野外检查。在这种"火力侦察"下，谁的图有没有认真去绘制，自然都瞒不过他的"火眼金睛"。朱夏的作业往往都会获得黄老的赞许。

在四川威远野外工作期间，除了学测量、填制比例 1:10 000 的地质图外，朱夏还在黄老的训练下学做路线地质图。因为那个年代我国还没有完整的地图，沿着路线画地形剖面图就显得格外必要和有用，特别是在边远地区。黄老带领朱夏等人，边走边画，画图中的每一个环节大家都要轮流做。今天朱夏背盘子、数步子，画地形，黄老和另外两个人帮助他挑标本、量方位；明天轮到黄老画地形，朱夏就帮着挑标本、量方位。在轮流交替作业的过程中，朱夏对每一个做法细节都十分注意，不管是否他亲手做的都了然于胸。他独立做一条从云县到贡井的路线图，虽然路线不算长，但认真观察操作也花了好几个星期。每天一早出发，全靠两只脚翻山越岭，边量边记边画，一天下来真是累得不轻。

朱夏对于这些苦毫不经意，总能从中找到乐趣。在工作之余，他总想方设法到处观光一番。有一次在出游途中，天色渐晚，忽然下起雨来。朱夏一摸口袋，发现盘缠不知何时已经用光，眼看得露宿山头了。好在天无绝人之路，他想起了就近正在贡井主持盐务工作的朱庭祜先生，于是匆匆将包往头上一顶，冒雨向贡井赶去，总算很快就找到朱庭祜细说原委。庭祜先生听后哈哈大笑道："好啊！只有你朱夏才会有此雅兴，雨游山林！"说完，立刻从口袋里掏出几元大洋，塞进朱夏的口袋，又拿过一把伞递到他手中，催他赶快上路，朱夏这才顺利回到大本营。

通过严格的野外锻炼，朱夏学会了从地形、走向、地貌迅速建立起与地质要素的空间关系，诸如对地层产状、构造形变和断层等基本问题都有了深刻而直观的认识和了解。尤其是在威远白龙池畔，朱夏第一次见到名为嘉陵江灰岩的岩石层被错断而重复产生逆向上冲时，观察到错断面的岩石破碎成糜棱状。地壳如此巨大运动的迹象，扩展了来自书本上的知识，引导他以极大的兴趣从构造地质学研究地壳变动成因，从观察中也开始体会到黄老提出"印支运动"的理念在地质找矿上的意义。

4　天寒谁与护孤魂　盈箧感怀谴谤书

朱夏的学识与地质调查所的实践结合，业务水平迅速提高。在黄先生的器重下，他参加了区域地质综合图件编制的工作，从中接触到大量的信息，进一步提升了理论知识的高度。这样，他有了一份稳定的薪俸，不仅可以独立生活，在时值抗战无法与上海家人沟通的严峻局势下，还可以资助弟弟求学。有着诗人气质的朱夏与周围的同事相处十分和谐，兴趣相投的更是无话不谈，常常以诗传神，情谊深厚。但他不是一个两耳不闻窗外事的书呆子，诗礼的熏陶、文学的浸泡，让他在理性之余更多了一份细腻的感性，与诸友聚谈中常为时局所感，为亲情所感，为友情所感。

如果没有"马以思事件"的发生，如果没有几位挚友的离世，也许他就会这么踌躇满志顺顺当当地在地质调查所工作下去。但朱夏偏偏遭遇了这些"如果"，因此而坠入人生的低谷。

1943 年底，好友成我青因贫病辞世，这让朱夏悲愁满腹。参加完追悼会回到住所，念及友人不禁唏嘘，抓过纸笔一气呵成《成我青兄挽辞》四首，表述了当时心情：

　　测海梯山意万千，当时豪气薄离筵。
　　悲生鸟鵻春残夜，梦黯桄榔月落天。

病肺知缘甚消渴,抚心应悔太缠绵。
只今追忆生平候,知己淮阴一少年。

调糜量水病躯忙,枕上书来字字伤。
乞到参苓岂续命,典残琴剑剩空囊。
窥天有术天难问,缩地无方地已荒。
我恨扶持负死友,生刍惭愧莫君旁。

终难贫病保晨昏,犹对遗笺认泪痕。
总是江湖多网罟,何堪魑魅喜烦冤。
滔滔世竟横流溢,察察身原直道存。
愁绝海南烟瘴重,天寒谁与护孤魂。

忍见墓门长绿芜,芳华谁为托高孤。
一抔埋骨怜他郡,盈箧伤心问谤书。
不尽江淮流恨去,有灵魂魄得归无。
早知此诀成终古,失悔年时讯息疏。

1944年初,朱夏又惊闻另一好友刘伊璜因贫自戕于西安,一时语塞,胸口仿佛堵了块大石头,回到住处倒在床上,眼前全是刘伊璜的身影。当他回过神时已是半夜,在悲伤中摊开笔墨,将自己喷涌的情愫汇集成《哭刘伊璜》六首:

一般狂态畏人知,执手天涯已恨迟。
犹说少年轻小别,竟难短句寄哀思。

川原泪尽飞花处,关塞魂归月黑时。
身世伤心谁索解,哭君强自托微辞。

无双群见誉聪明,我况尊前识至情。
呼作狂生原不忏,甘为情死岂无名。
吞来心影针穿就,吐到哀词血染成。
地下此心难化石,秋虫休傍墓门鸣。

一夕甘倾十万杯,征裘拼为换新醅。
也知浊酒原狂药,奈此深心是死灰。
旧约忍抚魂已断,残香待浣首重回。
刘郎自入天台梦,欲住人间意总摧。

记办轻装事远游,绮缘自分此生休。
忏除蚀骨消魂恨,甘作求田问舍谋。
偏有灵心云外寄,难禁余怨梦中浮。
至今注海倾河泪,总向情天缺处流。

人间早是怯无依,感旧伤离事事非。
永夜秋江悲雨雾,崇朝春树泣芳菲。
千重动已三生误,七尺躯原一掷微。
至竟此情谁解识,伤心身后问谗讥。

为数清游只可哀,江村此日怯春回。
寄诗未解传奇怨,酹酒知难及夜台。

天未寒云关永忆，人间灵卉莫轻开。

　　昆明池水曾无恙，归魂休劳问动灰。

　　写罢掷笔，朱夏已是双眼满含泪水，情难自已。

　　屋漏偏逢连阴雨，当朱夏还沉浸在友人早逝的伤痛中时，一个更大的噩耗接踵而至，将朱夏不堪重负的心弦撕扯得几乎断裂。他从调查所的同事那里得悉，马以思在贵州不幸遇害。对朱夏而言，马以思既是女同事，又是女朋友。这消息简直是晴天霹雳、夺魂噩梦！年轻的朱夏不敢也不愿相信：一个月前还在一起有说有笑的女孩子，怎么转眼间就成了人天相隔的亡灵？这天晚上，朱夏破天荒没有夜读。独伴昏暗的青灯，强咽辛辣的白酒，不禁痛哭失声。第二天，朱夏没有去所里上班。他和衣躺在那张寒凉的小床上，眼神空洞地仰望天花板，那一刻，他心仪的地质工作第一次失去了以往光彩夺目的意义，痛楚和悲思在他的全身游走，一幕幕往事如一部无声电影异常清晰地在他的脑海中盘桓、回放。

　　八年前，朱夏进入中大地质系没多久，就以聪明、潇洒、谦和、风趣成为系里的名人，更成为众多女同学仰慕的对象。一次，在老乡聚会上偶然认识了同系低班的马以思。对于她的芳名，朱夏也早有所闻。虽然鼻子上架着一副厚厚的黑框眼镜，但镜片后闪动的那双瞳仁里透出的却是无法小觑的秀女灵气与智慧。在系里她可是出了名的才女，天资过人，触类旁通，才情横溢，尤其对地质情有独钟、热爱有加，专业课和基础课的成绩在女生中几乎无人能比。就此，才子、才女两人一见如故，志趣相投，经常相聚在校、系图书馆。

看书之余，相互交流自己看过的书和掌握的知识，对课堂上老师讲解的内容各述心得，还对一些有争议的问题，发表个人的见解。马以思虽然比朱夏低一届，但她的见解与思考有独到之处，往往还会令朱夏茅塞顿开。这让朱夏对这位智力超群、非同一般的女生刮目相看，心生敬意。对地质工作的共同爱好和在学术上的经常交流探讨，拉近了两个年轻人的距离，也拉近了两颗年轻的心。

就在朱夏考入中央地质调查所的第二年，马以思也以优异的成绩考入该所工作，投身到艰苦的地质事业中，成为当时地质界不多见的职业女性。他俩如此郎才女貌结伴而行，更是互助互励，地质所里办的杂志上也不时地报导他们相处的花絮。黄老先生也暗自赞同这对年青人花好月圆。朱夏对马以思满怀爱恋，但没有正式表白，爱慕之心和初恋之情，就差一层薄纸还没捅破。

所里的人怕朱夏伤心，瞒着不说真情。过了很久朱夏才弄清马以思出事的来龙去脉：一个月前，所里派许德佑等一行古生物学家带着马以思去云南、贵州一带调研。他们在野外将采集到的古生物标本一个个用草纸包好，小心地装入三个大木箱中。为了及早赶回地质所，就在当地雇了几个马夫，挑或驮着箱子行进。万万没料到，一帮土匪打探到这些人行李沉重，身着长袍，看上去体面斯文，非常惹眼，就扮成挑夫盯上。到了晚上，古生物学家们将满满的三个木箱一一打开，仔细观察这些样品，兴奋地讨论、认真地整理，然后又小心翼翼珍重地重新包好装箱。所有这些动作被土匪挑夫看在眼里，见他们对箱子中物品如此爱惜，想必定是贵重的金银财宝。

当这一行人路过一片小树林时，几个挑夫立刻凶神恶煞地露出了真面目，突然袭击，将许德佑、马以思等人全部杀死，弃尸荒野，抢下三个沉甸甸的木箱。但是当这几个土匪打开箱子一看，不禁傻了眼，居然是一堆石头，于是弃之而去！事后清理案发现场的人说，满地都是丢弃的草纸和石头。这一恶性事件轰动了当时整个地质界，解放后影视界还专门以此为原型拍了电影，树立了为祖国矿产事业开发而献身的英雄形象。

  一连几天都独自锁在自己寓所里的朱夏，沉浸在刻骨铭心的莫大悲痛中。回首毕业以来的年把光景，朱夏更加伤怀：自己孤身在异乡谋事，上天并不厚待，落得一副多病的"皮囊"。再加时局纷乱，好友接二连三地离他而去，唯一能够谈得来的红颜知己也惨遭屠戮，难道这就是从小心仪的地质事业对自己的报答吗？如果早年不去探究"山何以高，水何以低"，就做个游山玩水的文人骚客，怎么会有今天的不幸？志同道合的女友不在了，在这行当里再干下去又有什么意思？

  我要离开！

  似乎唯有躲得远远的，才能忘却这份心如刀绞的疼痛。

  在痛苦的回忆和几夜失眠之后，朱夏决定离开他曾一心向往的地质调查所，离开他曾投入激情万丈的野外地质考察。至于离开之后去哪里？干些什么？朱夏根本就没想。那时的他和以前聪明的他似乎判若两人，是那么迟钝、疲惫、虚弱。他只知道要快点离开这个自己和逝者曾经留下太多美好回忆的环境，找一个听不到"地质调查"字眼的地方，静静地去舔自己的伤口，其余的一切都无关紧要！

5　别昼空留三宿恋　情真一粟永心存

地质调查所的同事没有一个人事先知道朱夏出走，更不知道他离开后去了哪里。对朱夏来说，离开地质调查所是毅然决然的，他要让自己像水蒸气一样蒸发得无影无踪。事后，同事发现朱夏给所里留了一封信，信中只有一首七言格律诗《别北碚》：

> 漫呼山鬼讼烦冤，茧足征途泪久繁。
> 别昼空留三宿恋，出关谁托五千言。
> 青山无意怜清骨，白酒凝愁抑返魂。
> 日下江河谁不废，情真一粟一心存。

将信悄悄放到调查所门房后，朱夏拎着简单的行囊走出了寓所大门，这时他的头脑似乎恢复了一点意识。他发现自己拂袖而去后的处境非常不妙：没有退路，更没有去路。没有去路就是没有工作，没有工作就是没有饭碗，没有饭碗就是没有生存的条件，连生存都发生困难的人何谈抱负呢？

一个从小饱读诗书、长大又受过名牌大学高等教育的毕业生如今两手空空，未来渺茫。朱夏走在街头漫无目的，他望着偌大的重庆街市，发现找不到一处可以落脚的地方。抗战中的街市满目疮痍、遍体鳞伤，一如他现在的身心。慈爱的双亲都身陷上海，此时一定盼着他早日为国解难、为家尽孝，可是他这个儿子却在流浪。这时他突然想到表弟还在重庆读书，生活还要他接济，而他这个当兄长的却成了无业游民。朱夏知道，弟弟虽然近在咫尺，但正在为学业拼搏，不能去打扰他。朱夏更知道，如果自己以这样一副落魄潦倒的模样出现在弟弟面前，会看到弟弟多么吃惊的眼神，无疑将让他的伤口再次崩裂。

在街头走了无数个来回，想了无数的地方，终于想到了一个唯一可以暂时落脚的地方——自己的母校中大地质系。一想到地质，他的神经不由又被狠狠地撕扯了一下。但这是考虑再三的结果，因为他不能露宿街头。警报一来，日本飞机的轰炸随时有可能送他赴黄泉，他还不想就这么了结自己。母校曾经给了他太多的美好和荣光，他很想去那里再看一看，歇一歇脚，就像一个在外漂泊太久的过客看到熟悉的一间小屋、一块石板，哪怕是一处只能小坐的树桩，都会勾起旅行者驻足小憩的欲望。

来到中大，朱夏见到了少数几个留校的同学，他们热情地接待了朱夏，又把他推荐给当时的地质系主任张庚。张庚已从传闻了解到朱夏的情况，非常同情，小心地劝他："你就不要到别的地方去了，我们系里正好缺人，你就留下来当助教吧！我早就听说你才学过人。"

可是，朱夏没有立即答应，因为一想到又将置身于地质的包围，他的心就没理由地痛苦起来。再说也有点不甘心："如果想做教师，那还不如一毕业就投进母校的怀抱，也不会弄成今天这个样子！"

何去何从，前方的路在哪里？这个问题一遍遍地萦绕在朱夏心头。朱夏知道，没有人能为他拿主意，没有人能为他指点迷津，他也不想求助于人；他更不想让自己竭力要遗忘的伤痛在别人善意或无意的关心中加倍放大。他，只想一个人默默地承受，默默地飘零。他不知道这种失重、迷惘、感伤、无所事事的状态会持续多久，更不知道自己日益频繁的咳嗽会不会是恶症的先兆……

就这样，经过一番思量，朱夏终于决定留下教书，弟弟的生活费还等着他支付呢！但两三个月间，他一直处于迷茫的游离状态，不知干什么好，似乎什么都不想干，但又不得不干点什么。他就像一个溺水的人拼命地在水里挣扎、快要挣扎不动时，他遇到了中大地理系的同学严重敏。

历史是必然与偶然的结合。如果朱夏没有在人生最低迷的关头偶遇知书达礼、善解人意的严重敏，也许今天中国的地质学界就会为错过一位巨擘而扼腕叹惜。严重敏的出现，犹如一片温暖的光芒，照亮了朱夏最为黑暗的人生之路，也引燃了他心头那股即将熄灭的希望之火。

严重敏比朱夏低两届。那时候大学一个系里也就二十来个学生，女生数量更少。因为地质系和地理系同属理学院，课间流动时两个系的学生常相遇，虽不交谈，彼此见了面熟，总要微笑点点头，以示招呼。朱夏在男生中年纪小，不够格参加军训，寒暑期就编排在女生队，女同学都熟悉他。严重敏进校没多久就知道这个瘦高个子的同乡叫朱夏，是理学院里的"名人"，成绩优秀，就是特别爱睡懒觉；后来还知道他的毕业论文是在茶馆里完成的……这样特异的男生当然会引起严重敏的注意并且多少有些好感。

那一天似乎天作之美。已经在出版社工作的严重敏女士，站在嘉陵江边正要摆渡过江，随意抬头望去，咦！那不是朱夏么？怎么这般蓬头散发，完全不是当年神采飞扬、潇洒的模样。莫不是遇到什么事了？她随即急行了两步，上前向朱夏热情而带有问询地招呼。几乎每天都在此独自徘徊彷徨的朱夏，这时忽然见到老乡、同学招呼，不免也感到一份亲切，特别是在这战乱时分。为了便于说话，他们就近到一个小茶馆里，要了一壶香茗，相互端详起来。细心的严重敏一坐下来就注意到，朱夏不知什么留起了胡子，身上穿的旧西装门襟、前摆处皱巴巴的，衣服宽大得像件袍子，整个人就像个衣架子。就在刚才他转身时，还看见衣背上有很大的一块油渍。"天哪，他怎么变得如此穷困潦倒、颓废憔悴？"严重敏心里惊呼，她有点不敢相信自己眼睛的感觉。"你好像过得很不好？"严重敏小心翼翼地试探道。沉默半晌，朱夏终于点点头。"发生什么事了，可以告诉我吗？我能不能帮你点什么忙？"又是短暂的沉默。此时，严重敏的口气就像一根温暖而柔软的棉棒，触碰到朱夏心中那块看似坚硬、实则不堪一击的坚冰。朱夏三缄其口，突然有了一种想要倾诉的冲动，太多的苦痛埋在他的心底已经太久，太久了！没有阳光、雨露的滋润，只会在心底发霉、腐烂，膨胀成无休无止的气体填满他的整个胸膛，甚至冲击他的心、肺和喉管。此刻，恰恰是严重敏的真诚与耐心，给朱夏疏通和释放，挽救了一个在绝望之际徘徊不已的人。

缓缓地，朱夏开始诉说了他毕业以后的全部遭遇，以及他离开了地质所，现在的心情和处境，无一保留。

"我真不知道自己现在想做什么，能做什么！"朱夏说。

"我知道你心里很苦，但你这样逃避，能有用吗？你能永远逃避下去吗？"严重敏认真地听完朱夏的倾诉后，直截了当地说出了她的态度，"你以为你不干地质，就会忘记痛苦吗？不会的。如果你不能真正摆脱出来，痛苦只会像影子一样追随着你一辈子，随时噬咬你的心！当然，你可以利用在中大教书的机会调整一下自己的心态，但你不能消沉下去。我知道你是一个重感情的人，但只有先解决生存，你才可能继续抒发你的感情，你的弟弟不是还等着你为他负担学费吗？你不是很喜欢鲁迅先生的话'真的勇士，敢于直面惨淡的人生'吗？"

严重敏这番推心置腹的话，犹如一缕明媚的阳光，有力地穿过朱夏心中堆积的阴霾，暖暖地罩住了朱夏的整个心房，让他僵硬的全身在微微的震颤中开始苏醒、回暖。憋闷得快要窒息的心底似乎洞开了一扇窗，新鲜的空气让朱夏的世界为之一变。困扰了朱夏几个月的难题似乎有了答案。因为严重敏的出现，朱夏终于没有被人生突如其来的低潮淹没。

不知不觉到了告别的时间。从茶馆出来，朱夏的脚步不再像往日那般沉重和凝滞，他决定接受中大的邀请，不再去另谋生路。就这样，朱夏结束了三个月的游离状态，到地质系拿起了教鞭。

6　等闲识得东风面　柳暗花明又一村

严重敏毕业后先被推荐到出版社帮忙编一本《西北地理》。她很关心抗战的时局，很快就明白出版这本地理专集的意义：陕北延安赫然是这片土地的核心。于是她主动与出版社的进步环境融洽相处，渐渐向当时主张统一抗战的共产党地下组织靠拢。出版社的工作相对比较宽松，几乎每隔两天的下午，严重敏就会到离出版社不远的嘉陵江边转转。就在那天意外遇到了朱夏后，严重敏原本平静的内心仿佛也被投下了一颗石子，泛起了阵阵涟漪。她惊讶，两年多的时间里朱夏的模样和心态竟有这么大的反差；她同情朱夏的遭遇，叹息人事的无常。在江边邂逅相遇，使她似乎多了一份隐隐的牵挂："他的身体怎么样了？他的心情好点了吗？"

严重敏编完《西北地理》离开出版社后，考进沙坪坝的南开（当时称南渝）中学当了一名地理老师，在她心中那个瘦高男生的身影也日渐模糊。哪知一天，她应邀去参加一个大学好友的婚礼，在毫无预兆、毫无准备的情况下，又碰到了朱夏。原来，新娘、新郎也是朱夏大学时的好同学。朱夏看到她也有点意外，更有些惊喜。几乎同时双方都高兴地相互招呼，握了握手。穿在朱夏身上的那件半旧西服上衣依旧不很伏贴，但头发倒梳得整整齐齐，胡子也刮得干干干净净，似乎精神了不少。但是，严重敏看出眼前的朱夏同今天婚礼上喜洋洋的气氛比起来，情绪还是显得格格不入。当了助教这段稳定日子也没把他养胖一点，清瘦的面庞泛出黄气，大概是营养不良吧？间或看他还低下头背过脸暗暗地咳两声，重敏暗自想他并没有比上次见面时好多少。朱夏也只在新人来敬酒时才努力热情地说上两句祝福的话，其余的时间不是默默地喝酒，就是捏着烧了大半剩下的香烟头低头不语。

当严重敏站起来正想向新婚同学告辞时，耳边突然传来朱夏的声音："重敏，我们出去聊一会，好吗？"严重敏抬头看了一下，欣然同意。于是两人离开了热闹的酒席，边走便边聊了起来。朱夏急切地说：

"没想到今天这么巧，又遇见你了，真高兴！"

"我也是。"

"你还在出版社工作吗？"

"那本书编完了。我现在沙坪坝南渝中学，我们可是同行哦！"严重敏打趣地说，"你现在中大怎么样？"

朱夏深深地叹息了一声："撑着微生是可哀，大千世界一尘埃。眦如可决惟流白，心倘能可耕地，莫化灰……"诗尚未念完，别过脸去止不住又一阵咳嗽。

重敏关切地问他："病了？"

"唉，屋漏偏逢连阴雨。咳嗽已半月有余了，我买了点药吃也不见好，不知是否恶症？不能干我想干的，死了也罢。"

"不要乱说，朱夏！"严重敏突然提高嗓音，打断了朱夏的话。朱夏也许意识到自己的话吓着了严重敏，有点抱歉地低下了头。严重敏停住了脚步，沉默半晌，看着朱夏轻轻地叹了口气。那发自心底的叹息，带着轻似鸿羽的尾音，听起来是那样的动人心弦，富有意味。朱夏重新抬起头来，有些不解地望着眼前这个已经熟悉的温和、善解人意而理性的女孩。

"你心情不好，但不能糟蹋自己。如果你还想继续干你理想的工作，那你就应该善待自己的身体，爱惜自己的健康。你没有去医院检查，怎么能断定自己得了恶症？大学时代，你在我们女生的心目中是一个非常优秀的男生。你的优秀不仅仅因为你聪明、成绩优异，更因为你风趣、豁达、热情。但是才两年多的功夫，你却变了，变得我几乎不敢相信。现在的你，一副形容憔悴、萎靡不振、丧魂失魄的模样，而以前那个两眼透着灵气的朱夏到哪儿去了？我有点失望，叹息失去了以前那个优秀的同学。"

朱夏才要开口，严重敏用眼神和手势制止了他。

"你让我说完。每个人都会经历挫折、失意、伤痛，可能一蹶不振，万念俱灰，心如枯槁。但这只是暂时的，你没有失去整个世界，你还有朋友、家人、同学和许多关心着你的人。你一点儿也不孤独，你的身体也还有救，你还有可能重新点燃心中的理想之火，你还可以拥有更多的亲情、友情、事业、健康！"

说到这里，严重敏秀美的双眸中已有点晶莹的泪光在闪动。她的话字字珠玑，如同响锤重重地敲击着朱夏的心房，亦如巨大的暖流越来越浓地包裹着他的周身。刹那间，朱夏有些惊异严重敏的口才，更有些愧疚：我怎么还不如这个女孩子明白透彻呢？

"你没去医院正式检查过？"严重敏突然问道。

"没有，我最不喜欢去那种地方。"

"如果你愿意，我陪你去医院检查，你看呢？"

朱夏不假思索地点了点头。此刻，他像一个做错了事、自知理亏的小孩子，对严重敏无比信赖，也无比依靠。对他来说，严重敏现在是他精神上唯一的支柱，她讲的道理朱夏不是不懂，可是仅靠他一个人显然已无能为力了。此前，他意志消沉，理性远离了他的身体和头脑。在孤冷的漫漫黑夜里，朱夏的感性与理性进行过无数次交锋，只是感性没有被理性说服，负面的情绪就像一个巨大的漩涡使他无力自拔。而今，一席话惊醒梦中人，朱夏似乎正在一点点地从危险的泥沼中爬出来。这天晚上，他没有失眠，这可是这么久以来难得的呢！

严重敏供职的中学离中大并不远。第二天，朱夏略略收拾了一下乱糟糟的头发，便步行来到约定的南渝中学附近。不一会儿，严重敏到了，手上还粘着粉笔灰。

"今天气色还不错嘛！我想不会有大问题的！"一头短发的严重敏笑吟吟地对他说道。

"希望如此！"朱夏说完，不知是喉咙发痒还是条件反射，忍不住又别转脸咳了几声。

两人一路无语，来到医院。严重敏让朱夏在一旁等着，自己先去挂了号，然后领着他去胸透室排队，人还不少。

朱夏突然情绪低落地说道："算了，重敏，太麻烦了，走吧。谁知道我还可以活几天。"

"你怎么就那么肯定自己得了绝症？你又不是医生！"严重敏像哄孩子一般对朱夏劝道。

耐心地等了一阵，医生总算叫到了朱夏的名字。严重敏轻轻地推了他一把，他机械地挪着步子，一脸无助地站到了胸透机的台子上。随着医生向左、向右、转身的指令，朱夏低沉的心在一点点的上升、上升，当胸透结束，他的心也提到了嗓子眼。连他自己都觉得诧异：自己竟然又知道紧张了。

在遇到严重敏之前，朱夏以为自己对什么都很麻木，生活、理想已没有意义了，他凭着身体发出的信号给自己判了"死刑"，并戴着沉重的枷锁放任自己的悲哀、消沉。可是随着严重敏的出现，特别是与她再遇，朱夏黑暗的世界被一团耀眼的火焰照得渐明渐亮，昔日复杂而正常的各种情感触须正在重新活跃、饱满、敏感起来，包括现在的紧张和不安。他无比焦灼地等待着检查结果。他不禁又把目光投向了重敏，她也正在看他。两束不同情绪的目光，失意焦急同镇静鼓励交织在一起。

"朱夏！"医生又叫了一遍，意味着检查结果出来了。严重敏急切地走过去，从医生那儿取回报告，目光迅速地扫过结果一栏，只见上面赫然印着蓝色小图章"正常"。这时，她双手将表格抱在胸前，仰起头长长地舒了口气，笑意写满了脸庞。一直注视着严重敏反应的朱夏顿时明白了一切。他高悬的心落回原处，脸上也浮现出一丝久违的笑意。

在送严重敏回校的路上，秋意渐浓，灰蒙蒙的天空显得低矮而厚重，微凉的风吹在身上已有点消受不起，不过，朱夏却感到一种轻松。在医院检查后，他给自己戴上的"镣铐"一瞬间得到了解脱，肃杀的秋景在他的眼里不再是悲苦。他看着身边这个给了他温暖、给了他力量的女孩子，眼神里不由得多了几分内容。

正思忖间，重敏充满鼓励和希望的声音突然在耳畔响起："既然身体没有大碍，你是不是又可以继续你的理想事业呢？"重敏说，"从现在起，你别的什么都不要再想，恢复体力，振作起来！"

"以后我可以来看你吗？"朱夏却答非所问地说。这时他们已不知不觉来到了南渝中学的校门口。

"当然，来我宿舍的路是很方便顺当的！"重敏并没有正面回答，只用一种调皮的口吻朝着朱夏微笑。说完，指了指通向她校内宿舍的小路。

朱夏向那条路望去，突然若有所悟：自己正面对着人生道路抉择的巨大考验。当时他才20岁出头，不堪摧残的心却已苍老破碎，对前途迷茫绝望。重敏这个智慧女性的话语犹如清风柔雨，拂拭着朱夏灰蒙蒙的心灵，启迪他必须从漩涡中出来，重整旗鼓，再上征途。

此后，教课之余朱夏最渴望的就是去严重敏那儿坐坐，彼此交流。即使什么话都不说，信任的眼神相通也会使他得到鼓舞。

在那40年代，女生一般是不会主动去找男生的，更多的是男方单向的探望。隔三差五，总是朱夏步行至严重敏的宿舍敲开房门，给她一丝小小的惊喜；但也有碰得不巧，朱夏就只好站在教室的窗外等着。有时，西斜的秋阳将朱夏长长的身影投射到窗玻璃上，严重敏在教室内走动时，视线无意间瞥见朱夏，便冲他浅浅一笑，继续教课。朱夏就倚着栏杆，凝望远处偶尔露出的点点峰峦，此时心绪是那样的平静和恬然。

这天，下课铃声响起，学生们像出笼的小鸟似的飞出教室，最后走出来的是捧着课本的严重敏。

"你来得这么早！"

朱夏点点头，陪着她一起向宿舍走去。

"身体怎么样？医生开的药按时吃了吗？"

朱夏又点点头，心里还想说点别的，可是想了半天，只吐出三个字："谢谢你。"

"我还要谢你呢！"

"谢我什么？"朱夏愣了。

"谢你来看我啊，让病人来看望一个好人，是不是应该谢啊？"严重敏调皮地说。

"照你这么说，我成了坏人喽！"两人不禁一起会意地笑了起来。

"既然来了，就在我这儿吃顿饭吧，不过，有言在先，请你也没什么好的吃，你要将就一下了。"朱夏的食欲一下被勾了起来，很久都没有饥饿感了。但他忽然意识到自己留在这里吃饭也许给对方出了难题，他清楚她和自己一样都没有家里的接济。

"你先坐下，闷了就看会书，我给你去弄点吃的。"严重敏好像看透了朱夏的心思，故作轻松地说。说完，转身带上门出去了。

一出门，严重敏脸上的笑意没有了，她心里迅速地盘算着如何请这顿饭：既要让朱夏有点营养，还不能让自己的腰包出洋相。这的确不容易。单身的严重敏每月收入有6斗米，交给学校2斗米作为饭钱，剩下4斗米换点女孩子的日用必需品。此外每月还有2元补贴，显然是珍贵的，不到万不得已不能动用。有时实在馋了，就和同事合伙凑几角钱，在校园外小摊上买上半斤炒花生，回宿舍一边剥着花生壳吃着，一边叽叽喳喳地说上一阵体己话，在花生的余香中，暂时远离战乱、喧嚣、愁苦的思绪。严重敏在校园外踟蹰许久，揌了揌贴身用硬纸折成的小钱夹，幸好还有几张角票，是好朋友前几天借了还她的。最后，她先去小摊前买了二两盐水花生，再称两个土豆和三个平日从来舍不得吃的鸡蛋，然后去食堂打点米饭。

当朱夏坐在严重敏的宿舍里心不在焉地翻着书等她时，心中升起的愧疚感越来越浓："去了这么久，莫非去借钱了？她挣的没我多，怎么好让她请我吃饭呢？……"正胡思乱想间，严重敏笑嘻嘻地拎着两包东西推门而入。

"抱歉，让你久等了。一定饿坏了吧？马上就好，马上就好。"说完，严重敏小心地点燃煤油炉，架上锅，倒进一点菜油，敲了一个鸡蛋打成浆倒进去，再加点水放点盐，立刻，蛋香扑鼻弥漫在小屋内。一会儿严重敏像变戏法似的就端上了饭菜：一碟盐水花生，一碟炒鸡蛋，一碟辣椒土豆丝，一碗漂着蛋花的汤，还有两小碗冒着热气的米饭。虽然碗都一样大小，但朱夏还是看出放在他面前的那一碗米饭堆得明显要高出许多。"等你身体完全康复了，我再买点酒回来给你助助兴，今天只好委屈一下喽！"

当下，两人在小桌旁坐定，以茶代酒，品尝着严重敏精心弄出的佳肴。朱夏对眼前的这顿"大餐"感慨万千："好久没见过这么诱人的饭菜了，你比田螺姑娘还能干！"

"朱夏，既然身体没有大碍，你就把这次的经历当作一个新的起点，重整旗鼓，施展你的理想？我知道你是一个极聪明的人，人生的路该怎么走不用我说，全当一个好朋友对你的真诚关心与祝愿吧。来，干杯！"严重敏说的每一个字，这时在朱夏听来都是那样的在理、顺耳，如同一股股温热的细流注入他体内每一个细胞。他不由地想起了"随风潜入夜，润物细无声"的诗句。

这一顿令朱夏难忘的晚餐，更是一个让他从人生的低谷开始缓缓爬升的转折点，也是他俩关系的新起点。此后，严重敏的宿舍犹如一个巨大的磁场，几乎每天当朱夏跨出中大校门，脚步就惯性地向右拐直走到南渝中学门口。两颗年轻的心就此越走越近，他们的友谊在相互理解中不断升华，他们的爱情之花更在共勉中盛开得日益芬芳、烂漫。不知不觉，燃烧的激情又回到了朱夏的身上，汩汩的思绪也点燃了他的诗情。他开始频频写诗，尤其是为严重敏作诗，释放他对所爱的千言万语。《示重敏三首》：

渐耽贫病怯狂吟，知否刘郎暮气沉。
霜刃暗销弹后铗，哀弦愁抚爨余琴。

犹将汤药劳纤手，颇觉文章负素心。
何日归宁向南海，与卿顶礼证潮音。

权回春气洗清秋，把臂今宵合上楼。
眼氏黄尘惊鸿洞，灯前红袖托绸缪。
能知朽木原焦尾，解按清徽谱白头。
暗地怜卿谙万事，何乖一事嫁黔娄。

灯火月尽尚依依，抚旧瞻来两俱非。
当日相逢伤雁影，从今为累愧牛衣。
便甘藜藿轻黄鼎，劝剔荆榛上翠微。
笑问儿时沧海畔，可曾拾贝见珠玑。

　　诗中弥漫的已不再是愁苦、悲哀和阴郁，而是在爱情的滋润下有着一点甜蜜、期盼，产生的一份对严重敏贤淑、明达的感激。几十年后，有人问起朱夏这段经历时，他风趣地说："我在她那里很自在，她不反对我抽烟喝酒，所以我就同她好了！"

7　神驰天涯迟归棹　人生慎重不潦草

半年的时间犹如指间沙子悄悄地漏去,年轻的朱夏在经历了人生观念的锤炼而渐渐平复之后,终于重新调整到了以前意气风发、豪情万丈的心情,只是多了几分沉稳和成熟。

一天,朱夏突然重新出现在北碚中央地质调查所,引起了一阵小小的骚动。同事们惊讶万分,不知他这半年去了哪里,干了些什么。人好像和以前没什么变化,又好像有了很大的变化。朱夏对同事的猜测没有解释,他心里清楚,这半年的心路起伏跌宕难以向外人道及,也是三言两语说不清楚的。一个问题将会引发一连串的问号,那将让他更难以招架。

朱夏返回中央地质调查所重新投入工作后,仍然认真、敬业、谦逊,但他自己清楚:内心的安宁、平静只因为多了一个倩影,多了一份关爱,但这让他多了分力量,多了希望。

不久,朱夏参加了程裕祺教授领导的西康矿产地质路线调查。西康之行没有任何交通工具,从雅安翻过二郎山经过康定,再向南最后抵达贡嘎山,一行三人相当艰苦。带队的程老以研究变质岩为专长,对地形、地貌观察非常细致,几个沟、几个点都要详细察看、记录,这无异给朱夏又上了极好的一课,让他倍受教益与启发。程老如同一位事无巨细都想得非常周到的家长，几人的吃饭、睡觉等，全部考虑在先，让朱夏等年轻的助手少受了许多额外的苦。但是，抗战时期，在大后方从事野外地质调查，生活之艰苦可想而知。身体单薄的朱夏在西康途中，即使有了程老无微不至的呵护，还是染上了痢疾，每天腹泻多达十余次，队友们关切他，他总淡淡地说没关系，就这么，硬是撑到了目的地，竟没有耽误工作。他的出色表现赢得了所里上上下下的好评，有同事开玩笑地对他说："古人曰，士别三日，当刮目相看。你走了不知有多少个三日，难怪我们眼皮都刮肿了！"

后来，黄老主编中国百万分之一和三百万分之一分幅的中国地质图并撰写《中国大地构造单元》巨著时，选中了朱夏帮他整理图书资料、摘录卡片。这对朱夏而言，编图虽没有野外观察那样高强度的体力消耗，但是脑力上的劳累则是另外一种训练。编图过程中，碰到资料之间有矛盾之处，要查阅很多资料，但这正发挥了朱夏爱读书的习惯。从地层到构造，从岩石到矿床，朱夏的综合研究能力在那一段时间有了长足的进步，赢得了黄汲清等长者的赞许。1945年8月，苏联军队向中国东北进发，协助中国彻底斩断了日寇八年来肆意撒野的铁蹄，日本侵略者宣布无条件投降。同年10月，朱夏和严重敏的爱情也瓜熟蒂落，就在北碚举行了婚礼。

自古以来，结婚是人生的一件大事，一件喜事。由于连年的战乱和物质的匮乏，朱夏他们只能一切从简。但朱夏内心依然潜藏着一分新郎的奢望：他要力所能及地办一个仪式，请多年来关心帮助

1945年10月25日朱夏与严重敏结婚留影

他的朋友们来为他们的爱情见证,为他们的婚姻祝福,让这一天成为他们最深、最甜的回忆。可是,钱从哪儿来呢?新郎官朱夏为结婚费用暗自发愁,几乎几天茶饭不思。严重敏看着安慰说:"小可,别愁了,实在不行,咱们就发点喜糖。朋友们都知道我们的情况,不会见怪的。等你以后有了钱,我们再补办一次,大宴亲朋,让大家也知道'金樽美酒斗十千,玉盘珍馐值万钱'是个什么样子好了!"

朱夏知道她在减轻他内心的负疚感,不禁轻轻叹了口气:

"嫁给我只能牛衣对泣,那岂不是委曲你了?"

"应该是红袖对揖吧，嘻嘻！说真的，老人都不能来重庆，我们自己随便怎么都行！身体好比什么都强！"

两人不约而同地紧紧拥抱在一起。

不料第二天下午，朱夏突然满脸喜气地推门而入，手里拿着两本崭新的书向她扬了扬，高声地说："你看，天无绝人之路。有好消息了！"正在做晚饭的严重敏猜不出会有什么好事。

"你还记得受邀写《中国地理》那本书的事吗？我花了几天功夫改了一下，就交给出版社了。他们当时很满意，只提了几个小意见。今天出版社的人，给我送几本样书和稿费送来了。你看！"

"这太好了，小可！真高兴！"严重敏抚摸着光滑、散发着淡淡墨香的书面封皮，一边看一边连声说，"办喜事的钱总算有着落了。"

8　远洋深造遂人意　憧憬未来寄希冀

就在朱夏与严重敏组成小家时,重庆各界正在为抗战胜利积极准备"复员"。朱夏所在的地质调查所仪器众多,要分批东行;而南渝中学没有复员计划,严重敏教的地理课也没有教师接替,要到学年结束后才能辞职。因此,朱夏打算等严重敏学期结束一同返回上海。晚饭后,他们常常一盏昏黄的油灯两人共用,一个备课,一个看书,互不干扰,好一幅"红袖添香夜读书"的美妙画卷。

一天,严重敏下课回到家,对正在看书的朱夏说:

"知道吗,教育部正在举行全国留学生选拔考试,我们学校是考场之一。听说这是最后一批公派留学,你不是有一番宏伟的学习计划吗,去试试,怎么样?"

朱夏沉吟半晌,摇了摇头苦笑着说:

"算了吧,我们已经决定回上海了,如果考上又要背井离乡,一去不知又是多少年。"

"我倒觉得你可以去试试。我到学期结束还有一段时间,你现在没事,有的是时间,正好可以备考。有这么一个开阔眼界的机会,不去试试多可惜啊!"

重敏这番话还真说到了朱夏的心坎里。是啊,他当年大学毕业就为自己设计了人生四个十年，结果一连串的失意和打击不仅搁浅了他的愿望，更差点泯灭了他的斗志。现在可能实现理想的机会突然降临，如果放弃，说不定哪天会后悔。忠孝不能两全，父母知道儿子是为了学有所成回国报效，他们一定会支持的。想到这里，朱夏又冒出个主意：

"重敏，不如这样，我们两人一起考吧。一来如果只有我去考，考上了丢下你一个人，结婚没多久你我就得分别！二来相互督促，相互帮助，复习起来劲头更足。"

"可是，我要备课、上课、改作业，哪里有时间准备啊？"严重敏迟疑地说。

"时间是海绵里的水，要挤总是有的。这可是鲁迅先生的名言。"

"可是……我的外语程度不如你。我可以给你做好后勤保障，还是你考吧！"

"不行，不行，你要是不考，我也不考了！"

就这样，两人斗来斗去，严重敏被朱夏说服了，决定一起报考。

1946年底，两人就在南渝中学考点参加了留学考试。按照规定考生公费留学的国家要根据考试成绩决定，成绩好才能到需要费用多的国家去。发榜后朱夏名列地质专业第二名，可以公费留学瑞士。地理专业公费名额只有一名，严重敏被录取为官价结算外汇的自费生。

1947年8月，朱夏踏上了赴瑞士的旅途。就在启程前4个月，朱夏喜得贵子。初为人父，他一时百感交集，诗兴勃发，当即挥毫赋诗一首：

> 每为斯世惜人才，怜尔今宵缓缓来。
> 未必蠢顽同鹿豕，可能浩荡挟风雷。
> 欲遗万卷妨为累，克肖双亲只可哀。
> 胼胝应知明日事，人间好自辟蒿莱。

严重敏因为分娩和哺乳未能同行，直到第二年初回到上海，给大儿子朱铉断了奶，交给公婆代为抚养，才踏上赴瑞士求学的旅程。

朱夏求学于瑞士的苏黎世联邦理工学院（E. T. H.），学校在国际上享有很高的知名度，地质系也声名卓著。他师从知名地质学家凡·斯托布教授，主攻构造地质。这位老教授年近六旬，上起课来似乎并不经心，常常拿出一些图像随意解说概念，但是在野外他却判若两人，总是神采奕奕，思路敏捷，每次带领学生到野外实习，条分缕析，讲解的内容远比在教室里丰富、生动，不禁让起先对他颇有微辞的朱夏大吃一惊，刮目相看。

斯托布教授带领朱夏等人去野外都住在村里，每次实习结束都差不多到了傍晚。学生们在乡村小饭馆里吃完晚餐后，喜欢随着欢快的音乐跳舞，斯托布教授则总是挑一张僻静的桌子坐下来喝酒。朱夏不会跳舞，就坐到老师对面陪喝，边喝边顺带请教一些自己不懂的问题。先生的谈兴往往被酒提起，越说越多，滔滔不绝，朱夏在一边听得津津有味，涉及的理论知识都是没有听过的。斯托布教授推崇大洋原先分布呈"H"形，大西洋和太平洋之间有一东西向称之为特提斯的大洋，只是后来大洋消失，造山隆起，形成了阿尔卑斯山脉。这正是20年后盛行的大陆漂移思想的初衷。当朱夏听到老师嘴里冒出的不再是标准德文，而变成了瑞士土话时，他知道老师已喝得差不多了，便赶紧告退。后来朱夏自己风趣地回忆，海外学识是在酒杯中得到的，同这位名师对酒畅谈之中，打开了世界大地构造知识宝库的金钥匙！如此求学之道，比课堂上学到的多得多。通过对阿尔卑斯山脉形成的考证，朱夏掌握了历史上1亿年前还存在过一个"特提斯洋"的观念和推理方法。这为后来朱夏联系中国实际提供了雄厚的知识根底。

严重敏在苏黎世大学研究院人文地理专业就读，离朱夏的学校不远。两人租了一间有卫生设备和厨房的公寓房间，学习生活都很紧张，为了节省时间，早餐就喝杯牛奶，中饭各自在食堂解决，而晚饭更多的倒是自己回来做。朱夏吃不惯西方人的牛奶面包，每月就多付点钱给房东太太，请她煮点米饭。严重敏下课之后常买些便宜又有营养的荤菜，让小可换换口味。有了妻子的精心调理，再加上国外环境优越，朱夏的精神、体质都进入一个良好的状态。

严重敏又怀孕了。考虑到瑞士学业紧张，房东太太好心地劝她流产。她把怀孕的消息告诉了小可，没想到他在惊讶之余却很高兴：

"太好了，这可是老天又送给我们的一份礼物，我真希望她是个美丽的天使。"

"你为什么那么希望是个女孩？"

"因为女孩一定会像你一样的温柔、贤淑、明达。"

"可是我希望是个男孩，那就会和你一样聪明、博学哦！"

两人好像在相互吹捧，不禁相视而笑。但笑容渐渐隐退，严重敏凝重地对朱夏说：

"小可，我可不想要这个孩子。"

"为什么？嗯，是不是怕影响学业？"

严重敏点点头。

"没关系，既来之，则安之，这是我们在异国求学生活的见证。有个小孩子在身边，也会给我们增加不少乐趣。"

"你啊，什么事在你眼里都变得那么诗意，可是……"严重敏还是有点迟疑。

"别担心，我去食堂吃。只是要再多给房东点钱，你跟她一起搭伙吧。从现在开始，你要听我的了。"朱夏用手势止住了她的话。

随着怀孕行走不便，严重敏只好按老师开的书单，一次性从图书馆把书借出来带回家自习，碰到不懂的等朱夏回来一起切磋。日子就这样在平淡中一天天地度过。这天，朱夏下课回来照例等着房东太太开饭，小夫妻俩有说有笑地议论着一天当中的见闻。忽然严重敏的脸面色一变，手捂着肚子轻声地说："小可，送我上医院吧。"

医院离公寓不远，严重敏要步行去，还按照房东太太的建议，说当地人的经验，分娩前要喝咖啡。可到了医院一打听，在国外陪护费很昂贵。严重敏想：自己当过妈妈，会自己照顾，不必请人陪护，小可的学业重，也不用朱夏陪在身边。

朱夏回到公寓焦急地等待消息，他把面前的书本开了又合，合了又开，坐立不安。不知过了多久，夜色一点点地加浓变深，电话铃声大作，朱夏条件反射似的冲出房间拿起电话。

"是我，小可，是男孩。"电话那头果然传来最熟悉的声音，带着疲惫和柔弱。

"哦——谢天谢地！你平安就好。重敏，你好好休息，我就去看你和小宝贝。"

"小可，赶紧睡！明天先去上课，我没关系，过两天就出院了。"

接完这个平安电话，朱夏带着再为人父的喜悦渐渐进入梦乡，他做了一个甜美的梦：大儿子蹒跚着向他走来，搂住他的脖子清晰地叫着他爸爸，他开心地一把搂过胖乎乎的儿子用力地亲着；忽然又一个肉墩墩的小家伙出现在他面前，用稚嫩的童音叫道：爸爸，爸爸！他又忙不迭地答应着，一把又搂过二儿子，亲啊，笑啊……

当朱夏从美梦中醒来时，已是第二天的下午，他匆匆向医院奔去。进了病房便看到严重敏正抱着刚出生的儿子喂奶。看到丈夫进来，她满脸幸福地轻轻抚着儿子的小脸蛋柔声地低语："宝贝，爸爸来看你喽。"说完，把襁褓中的儿子送到朱夏面前。朱夏小心翼翼地接过儿子，轻轻地搂在怀里。可能因为有人打扰了他正在享用的美餐，儿子一下咧开小嘴哇哇地大哭起来。"他怎么一点儿也不给我面子呢？"朱夏赶紧把儿子又送还到严重敏的怀里。看着逐渐安静下来的儿子，朱夏这才颇觉内疚："瞧我，急着来看你，什么也没带，也没给你做点好吃的补补身子。不过，你知道我没那点烧饭做菜的本事……嘿嘿。""我不怪你，你倒先做检讨了。呵呵，我照单全收。不过，医院已经给我补过了。"

"还有这么好的事？补的什么？"朱夏有点意外，"我们又没有多付钱。"

"打死你也不会想到，是凉开水！这回我才算开了眼界长了见识：原来在瑞士生孩子，产妇根本不用像国内又是喝鸡汤，又是喝糖水，更没那么多禁忌和讲究，生完孩子就喝一杯凉开水，这是医生开的方子。你说有趣吧？"

"喝完没事吧？"朱夏还是有点担心。

"没有啊，从晚上喝过直到现在一切正常，没觉得有什么不舒服。"

"看来这西方人的习惯有时真是奇怪。难怪我们对外来的东西一定要取其精华，去其糟粕，才能不断完善啊。"

"大博士，你真是个学究，什么问题都能引出你的宏论。"两人你一言，我一语地相互调侃，不时地爆发出一阵阵的笑声。

儿子的降临让朱夏与妻子再次感受到了做父母的喜悦。学业的紧张，生活的匮乏拮据，国内的战事，未来的前途，一切产生的烦忧暂时被这一个小生命挤到了边缘地带，也让他们无暇去想别的。此时，他们的全部心思都在于要让学习、生活尽快恢复原样，让被儿子打乱的世界尽快步入正轨。

这时，房东太太的敲门声打断了他们的思绪。

"请进。"

"我来看看你们的小公子。"房东太太笑嘻嘻地提着一个保温桶走了进来。

"谢谢您了。"严重敏将略带忧虑的眼神转向了房东太太。

"怎么了？哪里不舒服吗？"

朱夏夫妇在瑞士与房东一家的留影

"不是,我和小可正在为儿子给谁带犯愁呢,我们都不忍心影响对方的学业。"严重敏突然像发现了新大陆似的,将期待的目光投给了房东太太:"有什么好主意吗?"

"你算问对人喽。这个问题很简单,把孩子送到托儿所啊!这里托儿所的条件你们完全可以放心,服务质量也是一流的,不用担心。"房东太太的几句话如同黑暗里划过的流星,一下照亮了朱夏和严重敏前方的路。

"这太好了,孩子送到托儿所,我们就可以正常上课了。但孩子要吃奶,怎么办呢?托儿所里喂奶粉吗?不知道托儿所的费用里包不包括奶粉钱啊?"想到这些细枝末节的问题,两人刚才的兴奋之情一下锐减了许多。毕竟国家给的费用不多,学地质又特别花钱,吃、住、行什么都要自己开销，严重敏还不完全是公费，需要自己花钱的地方更多。

"不用愁，这个国家的福利很好，托儿所收费不多，你们是留学生，可能会有所优惠，我替你们去问问。"房东太太的热心给了朱夏夫妇不少宽慰。

天遂人愿。在房东的帮助下，朱夏夫妇顺利地把出生才两个星期的儿子送到了离家不远的托儿所。虽然很有些舍不得，但为了儿子的将来，为了两人的现在，只有狠狠心了。严重敏还想出一个既省钱又能喂饱儿子的妙招：每天出门去上课前，先把儿子喂饱，才把儿子送到托儿所去。在课间，趁着奶胀她就到洗手间悄悄地把奶水挤到随身带的奶瓶里，然后步行到朱夏所在的学校，让他把奶瓶送到托儿所给儿子吃。天天如此，一举两得，既解决了儿子的"吃饭问题"，又不至于耽误两人的功课。

除了学业、家事，国内的战火时局和家人的安危也时刻牵动着他们的心。没有家人的联络，他们无从及时知晓父母和大儿子的近况，看报成了他们每日回家之后必修的功课。每天两人一回到家，先按照各自分工把一切收拾停当，就拿起房东放在他们门口的英文报纸浏览起来。一旦发现报上有"中国"的消息，朱夏会情不自禁地低呼一声："重敏，快看，在这儿！"于是，严重敏急忙凑近，催促朱夏详细地读给她听。"这上面写的是国内战势胜负日趋明显，国民党军队节节败退，共产党已取得了辽沈战役的胜利。"严重敏被这消息感染，兴奋地对朱夏说："得道多助，失道寡助。共产党的胜利是人心所向，民心所归啊！"朱夏也有些激动地说："内战结束，老百姓可以安宁地生活，我们这些游子有望回国报效啊！"此时，中国大陆时局风云变幻，解放军从战略防御转入战略进攻，国民党军心涣散，民心渐失，蒋介石政府也在悄悄地为退路做准备。

9 东方朦胧天正晓　游学海外是一招

1948年9月，黄汲清赴伦敦参加国际地质大会，专程路过瑞士去看朱夏留学进展。朱夏见到恩师，喜出望外，陪着老师在校园里边走边聊。黄汲清迅速切入正题，问及朱夏近况。朱夏和盘托出自己的顾虑说："学校规定，一门功课相当于一张文凭，考完四门功课才能做博士论文，拿学位。除了地质学、矿物学、古生物学这几门课考试外，还必须选考地理或理学院数、理、化任何一门副课文凭，而这一张文凭最难考。我现在已考完地质学，可拿到一张文凭。"

黄汲清听完，沉吟了一会，神情严肃地对朱夏说："国内现在看来国民党的气数将尽，估计原先说好的四年学习时间也许保不住，一旦改朝换代，谁给你钱继续读书？我看，你现在的处境不妙，如果咬死在一个博士文凭上划不来。不如不要这一纸文凭，利用这段时间去游学，寻访良师，开阔眼界，比你考一门化学或别的什么功课更加有意义。你觉得呢？"

朱夏听了，眼前一亮，思忖了片刻，觉得游学可以博采众长，海纳百川，恩师的话非常有道理。

"那我去拜访谁呢？"朱夏问道，心里没数。

"我在瑞士读书念的是浓霞台大学，有一位很有名气的构造学家威格蒙教授，可以去找他，你一定会受益非浅的。"

黄汲清说完，随手从包里拿出几张纸，笔走龙蛇地写下给威格蒙和在德国、奥地利几位名家的介绍信，然后交给朱夏说："你就拿着我写的这几个条子去拜师学艺吧！"当晚，黄老的建议一直在朱夏耳畔萦绕，话中流露的关爱和深意不禁让他感慨良久。

1949年初，当朱夏正式拿到地质学文凭后，就放弃了再考其余科目拿博士学位的机会，没有遗憾地踏上了游学之路。对朱夏而言，对知识的渴求远远高于对名利的追逐，拿文凭不是他的目的，当学习和文凭不能两全时，读书马上就占了上风。恩师的提醒无异于黑夜升起的启明星，在漫漫彷徨的征途中照亮了他前进的方向。当然，朱夏心里清楚：游学也是现实的一种选择，放弃考试才能攒出游学的费用。在瑞士每门考试都要交钱，考试通常采用口试，过堂时，有关这门课程的内容，主考都是想到哪儿问到哪儿，直到问得学生答不出来为止，甚至教授自己也可能答不出，但通过提问可以考察学生学到什么程度。如果学生要补考，不是免费而要花更多的钱。

朱夏游学的第一站，就是向当年教黄汲清的老师威格蒙学艺。浓霞台大学地质系只有一名教授，两名助教；一座两层楼除了几间研究室之外，就是图书馆。一到学校，威格蒙就给了朱夏一大串钥匙，告诉他从大门到图书室可随便进出，随便看书。聪慧的朱夏立刻心领神会教授的用意：地质领域内的神秘之门，需要他自己去探索，去打开。拿到钥匙的第二天，朱夏就一头扎进了书的海洋，拼命汲取知识大餐的营养。图书室里既有当代最新图书资料，更有具备珍贵史料价值的古文献，置身于浩如烟海的图书中，朱夏感受到了一种巨大的冲击力：先是视觉上的，而后是身心的，无限的知识带给他的震撼与兴奋难以言表，这种待遇在瑞士其他地方是无法享受到的。他可以自由地在知识宝库里徜徉、寻觅、捕获，自取所需，自得其乐。渴了，就喝点随身带的白开水；饿了，就啃点自带的面包；累了，就倚窗而站，放眼四眺，让眼睛休息，让得到满足的身心尽情地舒展。威格蒙教授不是天天都到学校，隔两天，有时隔三天才来一趟，来了就问朱夏近来看了哪些书，有何心得。朱夏如实恭敬地一一作答，流利的外语，清晰的思路，有理有据还有文采，听得老先生频频微笑颔首，有时兴起，也忍不住与朱夏讨论一番。朱夏总是谦虚地聆听教授的指点，遇到不同的见解，总会等老师说完之后才以委婉的语言加以辩解，这种师生间的交流经常会持续几个小时。

花了大半年时间，朱夏翻遍了浓霞台大学图书馆里的藏书。对那些年代久远的古籍经典，朱夏往往细读数遍，将觉得有用的内容抄录在笔记本上，详细地注明出处，还附上自己用外文书写的读后感。如此博览群书让朱夏大有收获，也更加坚信自己在黄老的启迪下出来游学的路是正确的。在那段时间里，过去很少做笔记的朱夏居然记下了厚厚两大本的读书心得。这两本心血结晶随他辗转回国，一直带在身边，有空就拿出翻阅。不料后来"文革"期间，他的笔记本连同木箱不见了踪影，让他心疼不已。

在浓霞台大学的日子里，朱夏抽空去了一趟奥地利的一所大学，拜访黄汲清为他引荐的鲍勃教授，但未能找到，只有失望而归。随后，他还想去德国游学，但因"二战"后德国属于四国共管，签证手续非常繁琐，也没有去成。

就在朱夏专注而欣喜地汲取着知识的营养时，他们留学的公费来源果然出了问题。开始朱夏等人每半年去一趟大使馆，领取750美元；后来情况越来越糟糕，每个月都要去领一次，再后来一个月的也拿不到了，补给中断。没有公费，不要说继续学业，就连生活都难以为继。这可是事关生计的重大问题，何况朱夏还是三口之家。无奈之下，朱夏与一同留学的十几个公费生一起去瑞士大使馆要钱。要钱不是件轻松的活，更是件不愉快的事。以朱夏的作风，不要说吵架，就是和别人面红耳赤地大声争论都是少有的事。但这时别无他法，要不到钱就意味着一种威胁，一种严重的后果。朱夏只能和其他的学生一样，大声地与使馆人员说理、交涉，大家声调越来越高，情绪也越来越激动。每次朱夏他们要钱就跟吵架一样，有时能要到一点才不欢而散；有时要不到，就不走，干脆在使馆的会客厅里打桥牌，四五个人轮流上阵，其余的或在一旁观看，朱夏通常是在沙发上睡觉。

"斗争"了几个回合之后，使馆工作人员被他们弄得头痛，只好想办法再给他们一点钱。到了1949年夏天，当朱夏等人再去使馆要拖欠的费用时，使馆领事向他们摊牌说："我们确实没有钱了，政府不知道跑到哪里去了，一会儿在重庆，一会儿在广州，我们的钱也不知道找谁要呢。"听完领事的话，朱夏他们没有离开，依然沉默地站着。也许是估计到这些公费留学生不把事情彻底弄清楚，是不会善罢甘休的，领事只好继续说道："好吧，既然你们不走，我就再把话说明白点：你们留学的钱本该是教育部给的，现在教育部也不知道跑到哪里去了，我们手头的钱是为应变用的，不能给你们。"听到这里，朱夏他们群情激愤，大声地反驳道："但是我们出国前，说好是公费资助三到四年学业的，现在只拿了两年的钱，怎么在这里呆下去？你们是代表国家的，你们如果不管，我们只有天天到你这儿来讲理。"交涉了多次之后，使馆官员最后答应："如果你们要回国，我们可以给你们每人发一张船票，但现钱肯定没有，这样总可以吧？"听话听音，能考取公费的留学生都是高材生，脑袋比谁都灵光，他们一起嚷了起来："不行，不行！我们是堂堂正正考出来的，现在也要堂堂正正地回去。你现在不给我们路费，只发船票，倒像是押送犯人似的，我们不能接受！"就这样，经过多次较量，使馆人员知道这伙书生不是那么容易糊弄的，为了早点打发他们，使馆最后只好再次做出妥协：每人发一笔回去的路费。

领到路费后，留学生们就各作打算去了。有些是单身的，就利用这点路费延长学习，然后取道法国继续深造，或者娶个瑞士女人做太太，留在了瑞士。领到了回国盘缠的朱夏考虑：如果留下未尝不可，二人相加的路费加起来可以维持一段生活，然后再去寻找出路。毕竟朱夏所读的 E. T. H. 在国际上的知名度很高，其地质系也享有盛誉，外国人在瑞士找工作虽然很难，但对朱夏这样优秀的人才而言，捧上个饭碗应该不成问题。其实，一位教朱夏的教授曾热心地询问过他："密斯特朱，非洲坦桑尼亚有一个地质项目需要人，我推荐你去，他们表示愿意接受。那边的薪水很高，如果你愿意，马上就可以准备动身。你觉得呢？"还有教授建议朱夏去法国工作的，但想到万里之遥的祖国，想到重归故里与家人团聚，朱夏与严重敏觉得这都不是办法。

在做出最后去留决定的这段时间里，朱夏和严重敏更加关心国内的形势，他们每天都要到街头报亭买一份报纸阅读。从报上他们知道共产党的军队已打响了渡江战役，眼看南京、杭州、南昌就要相继解放。朱夏知道：自己的选择已经没悬念了。战争之后，百废待兴，他们的地学知识和工作经历一定能为祖国的建设派上用场，祖国也一定需要他们。

"重敏，我们两个来瑞士快两年了，没有好好地到此一游，岂不是太亏了。明天我们去旅游，怎么样？"朱夏突然一转话锋，让严重敏一愣，但只一闪念间就明白过来，微笑着说："小可，不管你做出什么决定，我都支持。既然你要请我去玩，我还能不愿意？"严重敏的机敏、温柔、善解人意不由地让朱夏更生爱怜。第二天，朱夏和严重敏带着一岁大的二儿子一同来到旅行社，高高兴兴地登记了欧洲9国游的路线。他们的学生证让他们享受了很大的优惠，两人暗地里兴奋了半天。

他们带着愉悦的心情踏上欧洲之旅，这也是他们自从相恋、结婚以后最浪漫、最幸福的时刻。欣赏着异域绮丽曼妙的自然风光，品味着西方古老而璀璨的历史文明，朱夏对着重敏低声私语道："重敏，结婚时没能与你一起度蜜月，现在就当个补偿吧！"

"不能就这么便宜了你,还要付上利息呢。"严重敏故意不领情。

"我们的儿子就是付给你的利息。哈哈……"朱夏狡黠而风趣的回答逗得严重敏也忍不住笑出了声。一路欢声笑语,一路天伦之乐,构成了朱夏人生篇章中最美好、最抒情、最流畅的段落。

1949年秋,中国大陆解放的消息传来,朱夏和夫人再也按捺不住急切的心情,辞别了外国导师和部分一起留学的同学,踏上了回国的旅程。当时,唯一的交通工具就是坐船。朱夏夫妇在海上航行了一个月才到达香港,想到已远在身后的异国土地,想到挥泪洒别的同窗好友彭君,朱夏一路心绪澎湃,如泉水一样的华章美句,不禁又从他的脑海深处溢出《蝶恋花·红海舟中寄彭君》:

别后山灵须见恼。已是来迟,却又归偏早。冻石寒云情未了,残篇难续南山稿。

不信浮生原草草,陆移海换,毕竟乾坤小。东望朦胧天已晓,沧波为我催征棹。

抵达香港后,发现海道受到封锁。朱夏经打听后得知,从香港北上只有一趟从香港取道天津到朝鲜半岛仁川的船。这可让朱夏夫妇心里都犯起了嘀咕:天津究竟停不停靠呢?这趟船能不能上呢?上错了船可不是件好玩的事,更何况朱夏一家人万里急归就是为了投入祖国的怀抱。如果船把他们直接带到了别的国家,那可就糟了。一同回国的留学生中,有人想了个主意,通过关系找到香港大学的曹世昌教授(后来担任中科院秘书长),请他代为打探该船的真实情况。曹教授热心相助，利用关系通过不同途径终于打听到这趟船是英国船，它的终点站实际上就是天津。朱夏这才放心地买了这趟船的船票。

就在等候开船时，戏剧性的一幕出现了：国民党教育部的工作人员仿佛从天而降，出现在朱夏等一同回国的留学生面前。原来，他们从船上旅客登记名单上，按图索骥挨个查找到留学生的姓名和房间。一个中年男子满脸堆笑地先向他们作了自我介绍，接着说道："你们都是国家花钱培养的精英，学成归来正好报效党国。有谁愿意去中央研究院工作，就坐飞机到重庆，我们负责提供 1 000 美元的路费；不愿意去重庆也行，就到台湾大学当教授，薪酬优厚，衣食无忧。诸位考虑考虑吧？"说着，从包里随手掏出几张大红聘书递了过来。面对金钱与工作的诱惑，朱夏和几个同行的同学们心里反而陡然生出些反感：我们在国外没有公费来源时，你们教育部的人不闻不问，更不管我们的死活，人影也瞧不见一个；现在见我们到了香港，你们倒冒出来了。但是，朱夏知道人在旅途，未知的变数不知还有多少，于是向同学们使了个眼色，假装高兴地打着哈哈说："好，好，你把东西搁这儿，让我们考虑考虑吧。考虑好了，自然会去的，这些条件还是挺诱人的。"其余的人也跟着胡扯应付了一通，中年男子和随行的人以为自己的游说任务大功告成，欣欣然离开。不一会儿，轮船拖着长长的汽笛声，缓缓地启锚了。朱夏拿着塞给他的聘书走出船舱，来到船舷边，再次望了一眼那张"台湾大学教授"的聘书，抬手将它扔进了海里，目送它卷进了深不可测的漩涡。

10　风流倜傥返故国　一腔热血展宏图

朱夏他们一家三口抵达天津，一路出奇地平安顺利。虽然新中国刚刚宣布成立，就有人来迎接，并很快将他们送到了北京。此刻，朱夏大学毕业时为自己设计的未来人生，不由地又重新涌上心头。自己第一个十年计划已经完成，眼看第二个十年的旅程即将开始，不免心潮澎湃：我要尽我所能，倾我所有，把自己在外留学的每一分收获，都贡献给我深爱的这片热土。朱夏如翩翩归鸿，带着难以抑制的激情，昂然挺立在祖国这棵大树的枝头。

在京等待安排工作期间，第一个来找朱夏的是东北招聘团团长武衡，想请他去东北创业，随后山西大学也向这位海归学者发出邀请。但朱夏诚恳地说明他自己从小在上海长大，很想先回到上海看望家人后再作决择。

1949年初冬，朱夏知道恩师朱庭祜在浙江大学当教授，便给先生去了一封信，将自己回国正在等待安排工作的近况向先生汇报，征求意见。没想到朱夏很快就收到拍来的电报，只有言简意赅的几个字：速来杭州，面谈！当然朱夏不敢怠慢，匆匆赶往杭州拜访恩师。师徒二人久别重逢，都显得格外兴奋。看着眼前这个昔日的毛头小伙没什么太大的变化，还是那么儒雅、俊朗，一表人才，只不过比以前多了几分成熟与老练,朱庭祜不禁感慨万千:"风流才子在,华发岂难生?这么多年一晃就过去了,你更加有出息了,我老了也值啊!"

朱夏连忙谦恭地接过话头:"恩师说到哪里去了。古人七十才曰老,您现在六十还不到,正值艾年服官政之时啊。倒是学生自感惭愧,屡受教益,却无建树。"

"你还是那么谦虚,哈哈……小伙子,现在是不是还是用功到深夜啊?"

朱夏立刻想到了自己当年爱睡懒觉的习惯,以为先生没有明说,不好意思地笑了,随即脱口吟道:"漂泊西南况少年,巴山听雨惯愁眠。分明宰我违夫子,不道传经到枕边。当年承蒙先生的宽谅,童稚之心,感激无已,至今犹历历难忘。"

"哈哈,不值一提,不值一提!只是,书要读,身体也要注意啊。"

寒暄过后,二人转入正题,朱夏将自己希望到大学执教的想法告诉了先生。朱庭祜没有接过朱夏的话头,而是以自己多年来的阅历相告,以示勉励。接着,朱庭祜的话锋一转,颇有些神秘地对朱夏说:"我接到你的信后,去找了一个人,向他说了你的情况,他对你很感兴趣,很想和你谈谈。你猜他是谁?"

朱夏一脸茫然地摇摇头。朱庭祜继续说下去:"他就是浙江工业厅厅长、中国科学院学部办主任顾德欢。说起来,他还是交大毕业的,你和他有过一年校友之缘吧!"朱夏没有想到自己的事会引起这位领导的重视,更没有料到这个人对他自己后来的人生起了重大影响。

新中国成立后,百废待兴。大规模的经济建设需要丰富的矿产作后盾。时任浙江省工业厅长的顾德欢很重视矿产资源,一心想在浙江建立一个地质调查所,就请私交甚好的朱庭祜来运作这件事。正在筹建当中,朱夏给朱庭祜来信了。朱庭祜当然对朱夏的为人和才学了如指掌,便赶紧向顾德欢推荐朱夏,说他想到浙大教书。顾德欢立刻兴奋地对朱庭祜说:"这个人我要,不要去浙大,您帮我与朱夏约个时间,到这个所里搞矿产资源吧。我来和他谈谈,怎么样?"

可朱夏没有想到,自己与顾德欢厅长的第一次见面实际上是接受了一场生动的马列主义教育。对朱夏而言,从牙牙学语、学诗,到后来步入地质科学王国,对马列主义几乎一无所知,这天下午与顾德欢一见面,朱夏便被这位共产党员的谈吐吸引了。

顾德欢讲了很多,从国家建设讲到为人民服务,讲到社会主义,讲到共产主义远景,朱夏听得没有丝毫的厌倦,甚至不知不觉被他的演说所感染。晚上,顾德欢请朱夏在附近的小餐馆里吃了一顿丰盛而简朴的晚餐,这时在朱夏眼里,顾德欢不再是一位令人敬而远之的高级官员,而是一位学识和见识都很丰富的和蔼可亲的学长。晚餐临近尾声时,顾德欢又言词诚恳地对朱夏说:"你现在30岁不到,还很年轻,多从事野外实践既是地质专业的需要,更是新中国的需要,祖国需要你们这些喝过洋墨水的秀才为她多做点实际工作。你现在的理想是教书,但没关系嘛,壮年以后再教也不晚啊。你说呢?"看着顾德欢投过来的满含期许的眼神,是那样令人信服,朱夏不由地点点头，接受了去杭州地质调查所工作的建议。

当时朱夏并没有料到，这一选择改变了他自己今后一生的轨迹：如果他那时进浙大，就有可能几十年如一日宁静地教书。但是，历史没有假设。时隔多年再遇顾公时，朱夏坦言："自觉欣慰的是在另一条路上毕竟也做了些事，不一定比教书差！"他表示了感谢，感谢他当年给自己上的第一堂马列主义思想启蒙课。就这样，留洋归来的朱夏搞起了地质调查，这正是他行万里路踏遍祖国大地的第二个人生计划，而朱夏人生的风风雨雨也便从这里渐渐开启。

随着浙江地质调查所正式成立，朱夏就被派往诸暨璜山勘探锰矿，接着又去余杭县南乡调查重晶石矿。1950年6月，朱夏被任命为该所副所长，具体负责所里的大小事务。在不到两年的时间里，朱夏带领一干人马，奔波于浙江各地，调查吴兴县武康锰矿，详勘诸暨街亭锰矿和铅锌等其他矿产，还奔赴长兴调查煤矿地质。忙忙碌碌的工作给了朱夏一种充实喜悦之感，他知道这是在为国家寻找与开发宝贵的矿产资源出力。这时他的夫人严重敏就在浙江工矿厅资料室任工矿报导编辑，过着相对平静的生活。

朱夏办公的地点在西湖边上，原是一处名胜，虽然几间房子年代久远，办公条件简陋，但出门便能望到西湖。每每工作之余他徘徊于孤山之畔，吟诵着苏轼那首脍炙人口的七绝："水光潋滟晴方好，山色空蒙雨亦奇。若把西湖比西子，淡妆浓抹总相宜。"坐拥西湖，留连忘返，妙不可言。那段时间，朱夏手下的人手虽不多，但个个都是精兵强将，几个人还正儿八经地将各自的工作收获编写成《浙江地质》，接连出了好几期。

1950年下半年，按照中央部署，由华东工业部部长汪道涵集中华东的地质力量，在上海筹建华东地质调查所。当时，浙江已有地质调查所，福建也有个保留的地质调查所，但山东只有张启址等以"野战军"形式在搞地质调查，而安徽只有以刘克金为首组织的找矿队，没有专业地质人员，成立华东地质调查所就是将华东地区这一盘散沙似的地质力量集中起来。为了发挥高校的作用，南京大学地质系徐克勤兼任华东地质工业部地质处主任，朱夏被任命为副主任，负责具体筹备事务。经过一年多的努力，地质所于1951年初基本组建，"三反"运动以后改称华东工业部地质处，朱夏任地质处副处长，办公地点就在上海福州路海密尔根大楼的顶层，处里的主要任务是承担浙、闽、鲁、皖的地质工作。此间，朱夏高高的身形进出里弄不再显得弱不禁风，邻居们都开玩笑地说这才像个大学生了。

地质处成立以后，第一件事就是勘探山东的金矿。当然朱夏从未搞过金矿调查，于是他看了一些金矿的书，又从各种渠道搜集了一些相关的文献，写了《中国的金》这本薄薄的小册子，但却是关于中国金矿的第一本专著。在书中，朱夏提出"为使读者从整体认识个别，必须从世界金矿史的发展过程中找出我们自己国内金矿的特殊性"的崭新见解，强调洋为中用，还以前瞻性的眼光提出"黄金今后将是新民主主义以至社会主义经济建设的重要利器之一"，体现了他"搞地质工作就要以找矿为中心，以服务社会为目的"的指导思想。后来在20世纪70年代，这本书成为国务院王震副总理开发黄金的指导思想，他曾专门邀请朱夏一起对山东和东北地区进行考查。

华东地质处的第二个项目马鞍山铁矿调查也结出了果实，这个矿成为国家钢铁工业生产重要基地之一。当时找铁矿分别由徐克勤、朱夏带队，朱夏还请来物探专家聂新吾先在象山找矿。没多久，他们又在马鞍山发现了铁矿。

就在这时，华东工业部接到安徽省委第一书记曾希圣提出在大别山找铁矿的任务，汪道涵将这个任务交给了朱夏，同行的还有部里派出的两位专家。先到合肥受到曾希圣接见时，旁边一位叫蝶田恭三的日本人高兴地对他们说："大别山肯定有大铁矿哎！"随手从包里掏出个纸包，把里面的黑色屑末往桌上一倒，又摸出一块吸铁石，那堆黑色的屑末立刻听话地贴到了吸铁石上。朱夏抓过那把屑末，仔细看了半天，发现不全是铁屑，因为他知道阳起石也会被磁铁吸住。"这无头无脑的事怎么办呢？"朱夏想只有先去山里走一遭看看情况再说。

为了配合进山找矿，曾希圣专门派了一名工作人员和4个警卫陪同，从佛子岭进山。刚刚解放的大别山，还几乎看不到什么村落，干粮吃光，还得饿着肚子观察石头。有时在草丛里突然蹿出一条竹叶青蛇，还得防备不要被咬上。就这样找了将近一个月，什么铁矿露头也未发现；但曾希圣坚持要求再组织些人，二进大别山找矿。朱夏只好与徐克勤商量，从南大抽调比较优秀的学生再进大别山，然而历时一月仍旧一无所获。善于思索的朱夏从找矿经验总结，单凭主观愿望满山遍野地寻找矿床的露头不是办法；是否存在矿床，应当从成矿的区域地质条件出发。

1953年初，中央决定从各大区工业部抽集力量成立地质部。同年下半年，朱夏调任到北京地质部地矿司从事煤田地质勘探，坐在总工程师谢家荣先生工作桌对面办公。为了照应父母二老和子女抚养，严重敏便留在上海华东师范大学任教。从此，夫妻二人开始了三十年漫长的牛郎织女生活。

1954年，中国陆续建立的钢铁基地急需炼钢的煤，一时找煤的队伍很多，这一年也被称为煤年。为了找到上级规定的主焦煤，朱夏带队从内蒙古石拐子到山西太原南边的义塘，以至河南的平顶山，在这些重点地区调研、勘察，做了大量的工作。虽然找到了很多储量，但煤炭部都认为并不合格，不能用于炼焦。其实，我国现有好几个有名的大煤田都是在那个时候发现的，只不过当时照搬苏联的配煤比为标尺，并不知道苏联煤的类型和中国的不一样，因而没有通过。为此，朱夏再次结合自己的找矿经验，翻译文献，撰写了《煤地质学的理论问题》一书。当时可读文献都是俄文，藉此朱夏与谢家荣先生一起攻读起俄语，结果精通了英、法、德、俄四国文字。照朱夏说法，要搞地质得站在地球外面看地球。

一年的找煤工作结束后，地质部决定从1954年下半年起在全国开展大规模石油普查。1955年元旦过后，朱夏刚从上海探亲回京，就搬到了石油普查委员会办公，为总工程师黄汲清、谢家荣二老当助手。这样朱夏成为我国第一批石油普查委员会的成员，制定了第一批石油普查计划,并与谢家荣先生合译了《古勃金与石油地质学》。

新疆早在1951年就建有一个中苏合作的石油公司,由于在地表有油苗的黑油山附近钻探未获油流,因而有的苏联专家对新疆石油的前景持否定的态度。由此最初第一批石油普查计划只覆盖了柴达木、六盘山,东北松辽平原,以及华北、华东等地区,并没有包括新疆。

1955年初春,地质部召开了一次会议,听取了中苏石油公司苏联专家对找油情况的介绍,他们对中国新疆石油的现状和前景非常消极甚至持否定的态度,引起了中方很多专家的怀疑,于是重新召开全国石油普查会议,经多次讨论,最后决定重新将新疆列入普查计划。

会议结束的当晚有个会餐,朱夏与普委行政主任刘毅、副主任刘杰坐在一桌。谈笑风生之间,大家说到了组织新疆找油队伍的人选问题,刘毅突然有些发愁地说道:"能派的都派了,现在我这儿快唱空城计了,唉!"说者无心,听者有意。朱夏听到这话心头一动:恩师们不是常叮嘱我要多从事野外实践才大有裨益吗?去新疆不正可以圆我那"读万卷书、行万里路"的梦吗?现在机会就在眼前,于是,朱夏放下手中的筷子,接过刘毅的话茬自告奋勇地说:"没人去的话,我去!"

掷地有声的几个字让刘毅大喜过望,刘杰当即就拎着酒瓶直冲着朱夏的酒杯倒满,也给自己的满上,"砰当"一声碰响酒杯,兴奋地说道:"这任务就是你的啦!"一夜无话。第二天一早,朱夏住的房门被敲得砰砰响,睡意尚未全消的朱夏开门一看,门外站着神色严肃的刘毅。他一本正经地盯着朱夏问道:"你昨晚的话是醉了说的,还是清醒着说的?算不算数?"朱夏先是一愣,旋即明白过来,呵呵大笑道:"平生不论喝醉、没醉,说话都算数!"

隔天,朱夏成了新组建的新疆石油大队报到成员中的第一名,几天内这支队伍便正式开拔。朱夏带领一批50年代地质学院的毕业生,充满了使命感,精神饱满、斗志昂扬地为祖国的石油事业献身出力。他们对国外鼓吹的中国贫油论不屑一顾,一股浓浓的爱国情怀、责任感,以及自信、自豪、自强,给了他们战胜一切困难的勇气与力量。

1955年仲春,才满35岁的朱夏被任命为地质部新疆631队总工程师,踏上了西北石油勘探的漫漫征程,从而也翻开了他人生篇章中新的浓墨重彩的一页。

11　黑油山下试弓刀　不负征程在今朝

朱夏接受石油普查任务后,就带领631队年轻人坐汽车入疆,当时大西北还没有火车。在那春寒料峭的季节里,放眼望去,到处是茫茫的戈壁。步行者一旦迷失方向,只有拼力爬上公路,遇到路过的军车才有可能得救,否则难逃厄运。

如此荒漠覆盖,石油究竟会聚集在哪里?朱夏从找矿经历中已确定要从成矿地质条件出发,因而首先期望从沙漠周边出露的岩层去寻求蛛丝马迹。由此他大胆设计围绕准噶尔外围山地转一圈,从乌鲁木齐快速穿过古尔班通古特沙漠到盆地西北,自中苏合作石油公司所钻探的黑油山实地,向北经过乌尔禾,沿乌伦古河东行到克拉美丽进行地质考察,然后再向南通过沙漠到奇台,返回乌鲁木齐。像"克拉美丽"如此富有诗意的地名就是朱夏按当地牧民发音取名的,现在叫北塔山。

穿越沙漠,用水是一道难题。有队员想出一个主意,在水瓢上凿一个小眼,用滴下的水珠蘸湿毛巾在脸上抹一把,就算是洗过脸了。大家吃的是罐头,没有新鲜蔬菜,很容易得夜盲症,指甲盖也会翻过来,但大家群情激昂,都希望及早调查到情况。当队伍穿过沙漠到达马纳斯湖前的黑油山时,正值大地春回,居然发生了危险的情况。

当时冻土表层开始融化，大车毫无征兆地陷入地下，跟着朱夏乘坐的小车也陷了进去，幸亏天色已暗、寒气重返，不然如果冻土再化开一点，后果不堪设想。朱夏也十分紧张，赶紧商量安排搭建帐篷驻扎在烂泥冻土上，人群挤在一起和衣而卧，同时立刻发报向石油公司驻地独山子呼救。三天后，一辆巨型拖拉机停靠在泥潭附近，大家总算脱离了困境。

对环绕沙漠周边出露的石头进行考察，分析变质的、沉积的岩层形成地质条件，在当时还确实是一项创举，对于朱夏则是对正在兴起的从盆地出发找油的观念进行实践。石油普查中运用盆地区划"探边摸底"的考察方式，后来成为评价油气形成和分布的基本工作方法。

准噶尔周边地质调查，确实给朱夏带来极大的启示。当他返回乌鲁木齐与统管中苏石油公司的苏联专家进行讨论时，油气评价的意见分歧非常大，分歧焦点就在朱夏调查受困附近的独山子。"独山子"维语发音是"买以套"，汉译即油山，早在古代牧民就用"黑油"照明和润滑。那是地下油气携带泥土向地表泄漏喷出形成的土包，是地表油苗的表征，对早年找油勘探是重要的佐证。但是在黑油山附近，中苏石油公司经过大量钻井并没发现油流，因此许多苏联专家对当地勘探持有否定的态度，认为油层已暴露遭破坏，没什么希望。

朱夏也认为油苗不指示油田具体所在位置，但他从考查中明确见到斜坡岩层向沙漠方向披盖之下更老的层位存在逆冲断层，可以在克拉玛依一带覆盖层下面的深部，遮挡生成的油气，圈闭聚集石油。

在争辩中，他开始意识到由山体环绕现今沙漠盆状坳地的整体是一个复杂的结构，要从油气盆地出发评价油气，就要同大地构造演变相关联，掌握盆地沉降历史过程中沉积物的充填和分布。朱夏与中苏合作的石油公司苏联专家交换见解的过程中，认识了一位叫尼杰西的专家，彼此观点比较接近，他主动提供公司内部资料进行认证，更加坚定了朱夏的见解。

辩论无果，朱夏只能将自己分析盆地的观念和野外的调查撰写为报告《新疆准噶尔盆地的油气远景评价》，上报给普委。部里如黄汲清、谢家荣先生等专家、顾问都支持朱夏的观点，认为克拉玛依值得勘探。1955年夏，中央确定我国自主勘探克拉玛依，从7月6日开钻1号井，到10月29日井口喷出深层高产石油。紧接着石油工业部新疆石油管理局在克拉玛依和乌尔禾之间130千米×30千米的范围内，展开大排距剖面的区域钻井，以确立有利含油区带，仅一年探井35口，试采10口即获1.69万吨油，宣告新中国第一个大油田诞生。

朱夏看着自己大胆的推论变为现实，想到自己为新中国找到第一个大油田尽了绵薄之力，想起为此一起付出种种艰辛的战友，不禁豪情万丈，挥毫一气赋诗数首：

　　黑油山下拭弓刀，和雪春泥满战袍。
　　莫指墨池愁腐鼠，惊雷破地看腾蛟。

　　壁垒森森雉堞齐，荒城疑是北庭遗。
　　但应明月知今古，犹听天风振鼓鼙。

蚁穴原知可决堤，谁知硕鼠更猖披。
陷空一记非虚语，未解扶轮却挽犁。

沙际遥看翠带浮，滔滔一水独西流。
无心来作番溪叟，盈尺肥鱼自上钩。

羊裘脱却作毡氎，历尽沙窝亦坦途。
一笑腾身泻千尺，童心自喜尚如初。

征程未负此良宵，塞月笼沙万顷涛。
喜见群峰迓归客，古城新酿醉醇醪。

然而就在准噶尔盆地上空黑色蛟龙腾空而起，标志中国第一轮石油普查首战告捷之时，朱夏收到了地质部普委发来的电报，限期在1955年底前必须向柴达木普查基地报到。命令口气严厉，使朱夏大为疑惑，经多方打探，原来早有两封电报被压下了，西北地质局想将631队并入新疆分局，留任朱夏为分局副总工程师。当然上级命令必须服从，朱夏赶紧组织队伍，收拾行装，一头插进柴达木。已是千家万户团圆贺岁之际。原本出门在外很久的朱夏，多么想回趟上海老家团聚，也只能在颠簸的山路上度过新春佳节了。

30年后，朱夏应邀以贵宾身份再度回到克拉玛依参加国家石油地质大会时，那里油田开发年产量早已超过300万吨，并且发现众多的成藏条件。当他在一片掌声中走上讲台时，他却坦诚地说："我在准噶尔盆地进行油气地质普查工作时，虽然也注意到了具有生成

1983年朱夏应邀重返克拉玛依油田参加会议，在油苗发现地与刘光鼎（前左三）、孙殿卿（前左五）等留影

重返油田时在克拉玛依野外营地前

油气条件的上古生界海相沉积,但由于当时找油指导思想的局限,还是把这些有可能成为已知的东西摈斥于未知之列。"听众们以为朱夏讲话是谦虚,但是,在朱夏的思维中,实践的目的决不是为了印证已知的理论或模式,而是要对它做出检验,有所发展。随着他勘探经历和知识的增长,在他看来,勘探始终面对着的是大量未知,因此不可囿限于少量就事论事的已知,而要善于发散思维,不断随勘探过程接受检验。要防止石油普查工作战略的片面与失误,首先要免于找油"哲学的贫困"。

12　豪情逸志坦荡心　莫逆之交现真情

处在青海省西部的柴达木盆地，海拔多在 2 600～3 200 米，四围环山，地貌上是一个典型的山间盆状洼地，现代沉积偏东，中心位置就是著名的内陆湖泊青海湖。该地区在我国第一个五年计划中就被列为油气普查勘探的对象，传说那里有石头点火就燃。1947 年地质学家关佐蜀等就曾去过盆地西缘扎哈一带调查，报导发现有厚达 150 米的油砂。1952 年修建通向柴达木的公路时，筑路工人在道旁也发现有的石头可以燃烧，由此 1954 年燃料工业部石油勘探会议决定组队在盆地西部对十多个构造进行细测调查。1955 年 11 月在油泉子布钻，首获工业油流。因而 1956 年地质部决定加强柴达木的油气普查，调朱夏前往负责地质工作。

朱夏深知柴达木油气调查任务重大，这对他既是如何才能掌握油气集聚规律的挑战，又是一次勘探实践和积累经验的机会。当时柴达木 632 队招收了大量刚毕业的大学生，组成冷湖、柴旦、德令哈三个中队，下列 14 个分队，正针对 20 个构造，由大队长韩培元组织 1:5 万或 1:25 万详查细测。这连同西部石油部已形成开发的队伍，局面一时声势浩大，按世界流行的背斜圈闭油气的理论出发，似乎有上百个构造正待开发。朱夏带领一批年青人从敦煌翻越当金山，意气风发进入这个聚宝盆时,那里还是黄羊四走、人烟绝少的一片荒漠。当这支部队直抵柴达木盆地西部冷湖一带后,就见到地表产状呈背斜的高位上布置了几个钻井,虽然可钻深不过1 200米,井口就连续自喷油流;接着又在马海构造上发现了天然气,而测量这个构造的还是一支女子分队。

但是主任地质师朱夏并没有满足于这样的发现,在他看来青海的石油绝不会仅仅产出于这些浅层的构造带上。当时在西部浅层见到油流转入开发的局部构造高点位置会向深部偏移,结果钻探容易扑空,因而有人采取密集井网,甚至成片地每间隔50米就部署一口井,但盲目钻探一无所获,结果造成大量的资金浪费,降低了经济效益。

按朱夏基本建立的从盆地整体观念到勘探具体未知出发,要把握油气产出的规律,必需站在更高的角度,从全局审视问题。因此他极力支持从区域地质调查出发,对盆地开展1:100万成图比例的地质路线调查,将考察向东铺到祁连山南的德令哈,向南甚至伸到青藏高原,并着手对相对有利地区开展1:20万的面积普查。

朱夏强调必须遵循从整体到局部的油气勘探原则,以后在他的经验总结中描述:"将沉积盆地作为一个整体来率先考察它的全貌,进一步按沉积、构造等方面的特征来把盆地区划为若干具有不同含油气远景的部分,然后再选择条件最好、希望最大的部分加强工作,找出油气藏成群分布的地段。"依此"循序渐进"的工作程序,体现的是对含油气地域区划原则的理解和运用,目的就在于阐明油气集聚的规律，为正确的预测工作服务。朱夏从实践领悟的见解正同国际思潮不谋而合，当时世界石油勘探思路正从寻找圈闭转向盆地找油，大量文献描述提出盆地分类原则并依此类比找油。从此，朱夏进一步探索的油气勘探理论研究也就站到了世界的前沿。

当然，要从整体考察盆地全貌，就柴达木地形地貌条件而言极其艰难，攀登险山摔跤、跌伤是常有的事。刮一阵大风，扬起漫天的沙尘，就找不到路，没有了方向，而风暴袭来还会撕烂衣服，夹带的砂石刺破脸面。在戈壁里跋涉，鞋底磨穿了，想法将罐头盒砍成片，绑在鞋底，穿着"自造的钢底鞋"继续前进。如此顽强地与大自然搏斗，令人敬佩。考察队绝对遵循从青海西宁出发时的誓师：要为祖国献石油。其中朱夏也有一个特殊的行头：穿着一双又笨又重的老黄牛皮鞋，据说还是从瑞士带回来的，鞋底钉满杏子大小的钉子，每只足有十斤重。他非常欣赏这双"铁鞋"，兑现着"走万里路"的壮志！但这却苦了从景色秀美的伏尔加河流大平原来的两名俄罗斯姑娘，她们是苏联专家派来随同考察的，面对如此光景，不禁仰躺在砾石滩上嚎啕大哭。朱夏不得不好言相劝，赶紧向基地报告让她们换个地方考察。

在艰苦调查的环境下，朱夏与年轻的战友很快就建立起了亲密的关系，他们不仅讨论盆地形成的地质问题，也交流地质生活的"壮丽"。朱夏总说苦乐是相对的，如果你对地质有兴趣，爬山虽然辛苦，但登上山顶后那种一览众山小的境界，会使人感到心胸开阔，忘却全身的疲劳。旅游上山看热闹，地质上山看门道。当你用理性的眼光去探索山脉的形成和变迁，或者豁然领悟了学科某个疑难问题时，那种兴奋之情与其说是艰苦，毋宁说是把自己融入了大自然的壮丽之中。

就是在这样极度艰苦的超脱和豪迈中，朱夏的地质调查与诗歌创作同步丰收，诗作如泉奔涌而出，表达出诗人的气质和才华，豪情逸志既有儿女柔情，又展示了铮铮铁骨般的坦荡胸怀。当他再次告别远在海滨的家人来到戈壁之时，即兴赋诗一首寄托着对重敏的思念：

  君向江南寻织女，我来荒漠学牵牛。
  灵梭看展漫天锦，铁钻能开彻地油。

当他步入高原，爬上闻名遐迩的赛什腾日月山时，不禁诗兴大发：

  日月山西草未苏，落霞明处觅征途。
  铁鞋不拭天山雪，再踏寒沙入冷湖。

当地下蓄积了上千万年的能量从油管喷涌而出的时候，诗人豪情勃发地挥笔写就一首七绝：

  墨龙破地挟雷霆，黑雨俄画五色缨。
  好化穷荒成活壤，不须天外乞甘霖。

这时，朱夏认识了在柴达木盆地游历的作家李若冰，他们交往密切，志同道合。李若冰在他的作品《柴达木散记》中记述了这一段经历。他调往陕西省担任文化局局长后，还专门邀请朱夏在西安一聚，先陪同前往园陵参观，再共尝"一口面"。碗内真真正正只有一口的面条，一碗吃毕紧接着又送上一碗，一顿饭下来眼前垒起的面碗就像座小山，显现出陕西人招待客人的殷勤。

一年中，朱夏和他战友们的足迹几乎踏遍整个柴达木盆地，东面通过西宁附近的达坂山，西抵阿尔金山，北起赛什腾山，南达祁奇漫塔格山。他们不停地追踪构造特征，探索和评估石油聚集的有利条件，最终在5万平方公里调查的基础上，绘制了1:20万比例的地质图。

柴达木盆地区域调查的初步成果，在地质部石油普查工作年度会议上受到李四光部长的重视，他对照力学模拟的泥巴实验也加入到讨论中，提出柴达木盆地内一些区域性分布呈"S"形的背斜，是否与环绕核部硬块砥柱旋转有关？如果是，那油气很可能会聚集到砥柱中去。朱夏带着这个设想回到青海，但从区调的资料分析发现现代的沉积似乎比周围的厚，也可能是个漩涡，但普查队还没有设备打深一点的井，怎么实证呢？

这时他想到石油工业部青海石油管理局有这样的条件，于是前往与基地相隔不远的总地质师王尚文见面，讲明原委，请求支援。当时国家实行计划经济，一个管"找"，一个管"采"，分工找油的资金投入大约是采油的十分之一。王尚文是留学美国回来的，后来执教石油大学，撰写了第一本由中国人写的石油地质学教科书，根底很深，所以两人讨论起来十分投入，彼此很快就沟通达成一致，王尚文答应立即布置这一井位。临别时，朱夏还玩笑地说："这可是部长钦点的油田，卖给你啦！"隔年，在地质部年度会议上，当李四光部长问起此事时，朱夏立即示以钻井揭示的沉积比周围厚，就顺利交差了。

朱夏迅速将这些盆地内部不同时期、不同方位低级别的构造排列与青藏高原区域性的隆升活动联系起来，想横穿唐古拉山向拉萨方向，进行盆地成因性的考察。因此他决定带一个小分队，从巴颜喀拉山昆仑山口沿着刚修的简易公路前行。但当时正值西藏发生叛乱前夕，解放军与叛乱武装已处于剑拔弩张的对峙状态。起初路上还算平静，但到了唐古拉山脚下住进兵站招待所后，叛乱头领就闻讯前来侦察了。他们带着刀枪闯进兵站，朝正在房间休息的朱夏张望。毫不知情的朱夏奇怪地向站岗的警卫打探，解放军战士打量了一下眼前这个读书人后，好心地回话："你不知道？一帮红门会的人瞄上你了！刚才我们都站在窗外拿着枪，准备对方一旦动手就立刻反击。同志，这里比较危险，你们赶紧离开吧！"但朱夏仍执意要翻过唐古拉山，兵站只好特意安排他们坐在小车上，跟军车同行。但车队才走了200多公里，忽然停了下来，一个连长神色严峻地向朱夏走过来说："刚才打枪了，目标就是你坐的这辆小车。看来你真的不能往前走了，否则就是送死！这样吧，等对面有军车过来，你就夹在他们队伍中回去！"朱夏无奈只得接受这个连长的命令，但心里仍恋恋不舍，为没能去成拉萨，无法获得宝贵的第一手资料而懊丧不已。返回到基地后，朱夏心绪难平，不禁挥毫赋诗一首：

但为行者不求经，忽被妖氛阻壮行。
无奈回车犹引领，欲寻遗迹忆文成。

然而勘查局势也不那么单纯,组织油气普查队伍的行政领导层内部发生权力争夺。一个人事科长将632队行政领导批斗成右派,自己登上了队长岗位;同时利用反右运动扩大化,将10个支持该行政领导工作的技术分队长都打成了反党右派。这样的政治斗争令朱夏大为困惑,看到刚刚培养成长的技术骨干们被拉去体力劳动改造,他不禁大为愤慨,但却没有办法,唯一能做的事情是设法将他们调离单位,但因各种缘故大多未能办到。他手下14个分队长,只有一人调往东北而逃脱厄运,使朱夏只能在心灵深处默默地承受着痛楚。然而朱夏的思想行为又引起了某些人的注意,被指与右派划不清界限,于是也被列入"黑"名单,整理了很多有关材料,内定上报地质部,同时通知朱夏停职,准备做检讨。

在那个风声鹤唳的当口,朱夏常在一家偏僻的饭馆喝酒消愁,本是无奈之举,不料却与石油管理局的王尚文不期而遇。王尚文也被列入右派的黑名单,正等着上报"宣判"。朱夏后来诙谐地回忆,这真是"同为天涯沦落人"。每天朱夏带着小酒瓶走进饭馆,抬头一看尚文已坐定在桌旁,双目对视,立即明白都还没有被揪出来,于是心照不宣,点上两碟小菜,举杯共庆"幸存"。两人彼此共饮、鼓励,努力排解忧郁,在同样的困境中,结成了莫逆之交。

据说当时划定右派有个规定,三级以上的工程师本单位无权批准,一律要上报中央。当朱夏的"黑材料"送到地质部副部长何长工的手上时,他不免一惊,这位当年担任朱、毛井冈山会合的联络员当然富有政治斗争经验,旋即称朱夏是全国民主青年联合会委员,把材料压了下来，指示需要报往中央。缓解之下，地质部指令朱夏调往北京工作，就这样，朱夏佩着两道"护身符"侥幸躲过此劫。刚爬上领导岗位的人事科长一读调令，自知理亏，不免一头冷汗，想了半天，出了一招，摆出盛宴款待送行，以图挽回面子。在席上，朱夏见此光景，不禁怒火中烧，言词之中站立起来，竟把酒杯摔在地上。事隔二十余年朱夏讲起当时情景，自认为是生平最得意之举，旁听者却有人戏谑地说：你造反能耐也就这么大啦！于是一片哄笑。

13　理论实践有差异　盆地建模创新意

朱夏调到北京，被安排在地质部石油地质局，随即被派往东北松辽平原参加地质部和石油部合作的石油会战，担任南部勘探指挥部的总工程师，驻地吉林省长春市。

当时国家正大力推动计划经济向东部重工业区转移。地质部根据中央战略考虑，按优选突破方向的指示精神，确定加强松辽平原的油气普查，扩大东北石油物探大队（后简称"二物"）和松辽石油普查大队（后简称"二普"）编制。自1955年秋这里就开始进行区域概查，有较扎实的地质工作基础，并且地球物理勘探取得良好的效果。1958上半年地质部通过浅钻在吉林省扶余县发现油砂，随后在公主岭西北杨大城子镇以至黑龙江省肇源、肇州等地多处也有发现，但当时地质部配备的钻探能力不能揭示较深层次的信息，最好的方式就是与石油部合作。地质部在区调的基础上提出井位，经两家确认后，由石油部钻井。

合作双方最初确定：在黑龙江省安达县由区域地球物理勘探综合大剖面上显示的电法隆起上布置基准井，即松基1井，在井深1 879米钻遇变质岩终孔。随后又在北面公主岭的登娄库隆起构造上打松基2井，结果发现浅层油砂和深层致密含油显示的砂岩。该井钻进深达 2 887 米，探及较厚的深层岩系可建基本层序。然而从多条区域地球物理综合大剖面分析，松辽平原是一个沉积巨厚的拗陷盆地，沉降中心可厚达 5 000 米以上，已布置的井只钻在油气区划东南的斜坡地带，但区划的中央坳陷也有背斜构造。由此讨论一致赞成向西北在黑龙江省安达县大同镇高台子村，对解释的电法隆起又经地震校核的长垣上，布置松基 3 井位。松基 3 井设计井深 3 200 米，1959 年 4 月开钻到 1 109～1 171 米就发现油花提前终井，经试油，自喷原油日获 14.9 立方米。随即以此为开端，由石油部迅速组织在长垣上大井距甩开探明油田规模，及早拿下储量。结果仅在 7 个月的时间内就拿下长垣 7 个产油构造，其中北部的还连片产油，实证为世界少见的特大油田，命名为大庆油田，向国庆十周年献礼。这时地质部松辽石油普查大队在浅井钻探可及的条件下，也发现了东南区的扶余油田，油层深度 404 米，经提捞也日获 2.5 立方米。由于经济技术条件有利于地方自主开发，扶余油田由吉林省接管开采，成为吉林日用化工开发源地。

朱夏参加东北会战时，正处在油田发现前夕提出整体解剖松辽平原之际，因此他介入了从基准井布置到发现油田的历程。这一勘探经历又给了他一次实践检验的机会，使他进一步明确在西北调查建立从盆地整体到局部的区划思路，不仅是含油气地域的工作程序问题，而在于阐明油气集聚的规律，为正确的预测工作服务。这时他面对的地表条件是一片茫茫平原，只有在河流冲岸的草丛中才能找到可观察的露头，要对盆地进行"探边摸底""由表及里"的分析，必须从地球物理信息解释区分盆地不同深度层次和不同部位的结构，预测它们各自的含油气条件。由此，他通过松辽平原大面积的航空磁测、地面重力概查和5条电测深剖面以及地震剖面的解释，在各个勘探会议上发表意见，提出钻探部署，接受钻探结果的检验。

他那学识渊博的认证，从实际出发、充分发散的形象思维，启迪着众人用理性指导工作。他强调要多兵种协同战，发挥各个专业特长的重要意义，生动地比方地质要与物探"结婚"，引来一阵会心的哄笑。朱夏的发言富有吸引力，他讲话时总是高朋满座，许多更年青的勘探家团结在他的周围，都来当"诸葛亮"。朱夏提出从盆地整体出发，区域展开，重点突破，点面结合，带动全盘的技术思路，对加速发现松辽平原油气田的进程做出了贡献。1980年，为了表彰"大庆油田发现过程中的地球科学工作"，除了老一辈的地质学家像李四光、黄汲清先生等之外，当年在大庆时才40岁的朱夏也被列入了国家科委首次颁发"国家自然科学一等奖"的名单，并被遴选为中国科学院的学部委员。

松辽会战发现油气田告一段落之后，朱夏又调回北京，在地质部石油局负责组织油气研究室，目的是提供全国油气勘探部署意见，进行中国油气分布规律的研究。由于当时地质部石油普查委员会已撤销，研究室设在后建的地质科学研究所之内。就此，朱夏从我国石油普查勘探实践的前线全面转入理论攻关工作，这正合他人生计划的第三步。

依照朱夏的设想，当然会选盆地与油气的关系作为研究室的科研命题，这也促使他走向世界油气战略决策研究的前沿。他组织新分配到研究室的年轻同志一起编制了第一张中国含油气盆地分布图。后来这张图不论人事调动和体制变化，都一直挂在石油局总工程师办公室里，标示着我国含油气地域的区划及其战略部署的方向。这时朱夏已从我国各地油气普查的实际，将眼光联系到全世界油气区划和油气田分布，寻求和把握油气集聚的规律。正如他以后风趣地说的一句话："我是站在地球外面看地球的！"

在20世纪三四十年代寻找石油是以地层褶皱的背斜为标志的，只要找到地层产状褶皱倾斜相背的轴部布置钻井就有希望出油。因为油水共存于地层孔洞中，油浮在水上会移向拱曲的顶部封闭聚集成藏。随着油气藏封闭的方式发现多了，地层上倾产状尖灭部位也可作为找油的标志，就统称之为圈闭，并对产状特征进行了分类。但只按圈闭布置钻井往往会扑空——没有油的背斜被戏称为"秃子"，因此勘探风险很大。但已发现的许多油田常常比较集中地分布在一定地域里，于是往往用地理区划来表达这种集中关系，比如北美油区、中东油区等。然而，这种分区并没有预测油气分布，理当按规律推论油田位置。因此20世纪50年代初，油气勘探衍生出一种观念，即按沉积盆地的形成关联地下隐伏的油气田分布规律，从少量已知类比评价盆地油气资源。由此大量描述沉积盆地的文章涌现，甚至后来的石油地质学教科书开篇就强调"没有盆地，就没有石油"。这一观念正与朱夏在我国第一个五年计划大规模进行的石油普查实践中获得的认识相合。松辽盆地的勘探历程就说明，把盆地作为一个整体，从整体分析区划到局部，是成功预测未知油气的基本途径。

在我国第一个五年计划期间，为了充分发挥地方的积极性，各个省曾一度纷纷成立石油普查大队。但朱夏认为这样做不利于全国战略规划，而应以沉积盆地的分布特别是大型盆地的全貌来区划油气远景地域，再优选出有利部位加强投入。因此1960年当他专门考查了苏、皖等华东各省，了解石油普查方向和进展状况后，就向上级提出了自己的意见。1963年，国家计委调整成立地质矿产部，就集中组成六个由部直管的石油普查大队，划出盆地范围为油气勘探对象，着重开展华北盆地、四川盆地、鄂尔多斯（陕甘宁）盆地、江汉盆地、苏北盆地和塔里木盆地的油气远景评价。

1962年，出于国家科学研究体制建设的需要，朱夏又调往南京中山门刚组建的华东地质科学研究所担任副所长，主持审定验收华东各省1:20万野外地质调查，同时在一个大院内兼职筹建海洋地质研究所。此前，当朱夏从东北回到北京地质科学研究所进行研究时，就注意到与石油地质关联的沉积盆地结构是复杂的，它的成因历史又必然与大洋地质发展相关。为此，他曾找过从美国求学归来在东北长春地质学院海洋地质教研室任职的业治铮教授和1960年刚从苏联留学回来在北京地质学院海洋物探教研室任职的刘光鼎先生，讨论如何开展中国海洋地质工作，并一起向地质部党组提出建议。这在当时还真是一项创举。之后几经周折，到1962年底，地质部党组在南京福昌饭店召开会议，决定建立海洋地质研究所。

海洋地质研究所在筹建时并未任命所长，一切事务都由朱夏代理，直到业治铮调来，才全部移交。业治铮是我国沉积学研究泰斗，与朱夏都曾在黄汲清主持的地质所工作过，彼此比较协调。当时海洋地质研究所内设第二研究室，主攻海洋地球物理技术，由刘光鼎担任室主任。他原是北大物理系学生，在解放前夕为保障北平和平解放，参加了共产党地下组织；从事地球物理工作后，担任了中国地球物理学会理事长。就在他们的建议被采纳成立海洋地质研究所时，朱夏和业治铮、刘光鼎这三个人凑成一小众，自然构成多学科联合攻关的组合，为我国海洋地质和海域油气勘探的队伍建设做出重要贡献，他们后来都成为中国科学院院士。就此业治铮带队在温州开展海岸带考查，而刘光鼎则组队去旅顺改装仪器开展辽东湾地震勘探。

那段时间里，他们同住在一个院内，一边切磋业务，一边以酒代茶，兴致高时即席赋诗，就像王羲之当年在浙江会稽的鹅池旁借酒邀友做诗挥毫那样，谈笑风生，关系十分融洽。若论饮酒，当然朱夏酒量最高，他在年幼时跟着长辈就熟知酒文化的根底。论年龄，光鼎比朱夏小9岁，但书法功底颇高，还有那太极拳嫡传功夫，跟着饮酒，酒量迅速倍增。在如此氛围下，朱夏的学术造诣迅速绽放出了朵朵奇葩，加上他极高的文学素养，成为当时地质界同龄人中的翘楚。但是一片兴旺发达的海洋地质研究景象，却被后来的"文革"运动冲散。

尽管工作不时地调动，但朱夏一直保持自主研究油气盆地这一命题，凭着他积累的实践经验，更加系统地梳理了全球盆地理论研究的进展，在并蓄兼收、博采众长中步入了他人生轨迹的第三个十年——研究的十年。

在组建海洋所的过程中，朱夏对下属石油地质研究室的年青同志提出从查新盆地文献入手，和他们强调要搞研究就得先武装自己、充实自己，练出一身过硬的本领，才能大有作为。他提出"屁股要方，脑袋要尖"，大家坐下来、钻进去，洞察国外对"含油气盆地"的见解、争论和在找油上的意义。他引入在瑞士留学时参加"讨论会"的方式，互相切磋。在留学时朱夏印象很深的是课后教授通知在哪家啤酒馆聚会，餐桌已事先订好，聚会时大家一边喝酒，一边就某个问题畅所欲言。这种自由讨论的形式，使得当时石油地质研究室年青人所处的刻板的工作环境，确实透入了阵阵新鲜的空气。讨论时气氛热烈，迸发出新思想的火花。这批年青人后来都是我国海域油气勘探的骨干，他们在回忆中都说当时在查新翻译文献中深受启迪，从中深化盆地的理论知识，成为自己勘探实践的指导思想，同时还巩固了外文。通过一年多的查新和每周组织的讨论，朱夏精选了十篇翻译文献，内部印刷为石油地质参考文选《关于含油气地域区划及含油气盆地（63年）》交流调研动向，而他自己也每周参加讨论，发表的见解也以代序《关于含油气盆地的讨论》的形式一起付印。这篇代序后来公开出版，汇集在1965年科学出版社出版的《中国大地构造问题》一书里，题为《我国中新生界含油气盆地的大地构造特征及有关问题》。

这是朱夏第一篇公开发表的文章，但在中国石油地质学史的理论建树上却是十分重要的。当时他结合了中国的实际，从形态描述上升到理论机制，提出盆地是经历过几个演化阶段形成的"复杂结构"，类比它们的油气形成和分布的条件，不可关联为一个固定的大地构造单元来确定盆地沉降的成因类型。由此，他在融通当时全世界各方面研究盆地的权威人士发表的见识基础上，概括出一个称之为"运动体制"的概念。从他给的定义来看，指的就是物质从量变到质变的阶段中一切物质运动形式及其相互关系的总合，这实际上就是后来许多人考查地质采用的系统观念。他强调地壳运动体制是随着地质历史的向前发展而改变的，而运动体制的变化是形成含油气盆地的首要条件。当时朱夏强调：一个历史阶段的运动体制"决定于愈来愈深的地球内部物质的运动"，也就是说考证地壳运动不能仅看陆地，还要包括海洋在内才具有全球性，而正是这一思维奠定了他对海洋地质发展的关注。

虽然后来朱夏在重新审视自己写的这篇文章时，表示过遗憾，因为当时国外地学界正在酝酿着一场革命，即板块构造学从海洋地质调查中滋生兴起；然而当时国内信息环境相对封闭，通过相关文献的报道传入中国至少推迟了五六年。不过板块构造的论证在文献中一出现，就立刻引起了他的关注。"文革"后，地质界逐渐接受了全球性的板块构造学，人们不禁对朱夏十分敬佩，连老一辈的地质专家都赞许他在引进先进学科上发挥了卓越的作用。

然而对朱夏来说，他20世纪60年代有关盆地分析所涉及大地构造的重要学术观念，却在从海洋中诞生的板块构造学说得到进一步升华，有关运动体制及其变化的观念为他后来进一步引导为"活动论构造历史观"，提出以系统的、动态的、量化的方法研究盆地奠定了思想基础。他并不是简单追随来自大洋论证的板块构造学术思想，而是进一步通过"板块登陆"，发散出全球性大洋运动与大陆关联而更为深刻的思维，指导含油气盆地分析。今天国外构造地质学家正在提出和强调大陆构造形变的研究是发展板块构造学的新航程，正是如此，朱夏的学术思想至今仍然站在盆地学科发展的前沿。

自20世纪60年代，朱夏从我国大力开展油气普查所积累的经验，迅速上升形成的盆地勘探理论，提出同它所处的地史发展的大地构造环境有关。当时华东所的所长兼党委书记李公俭是参加过抗日战争、解放战争的老干部，他坚决执行中央关于纠正反右斗争扩大化的政策，积极支持像朱夏这样的科技人员走创新发展科学技术的道路，并且努力给朱夏提供生活方便的条件，而朱夏也对公俭书记为人正直、作风正派抱有好感，表示尊敬，因此他们很快就成了知交。为了更大地发挥朱夏建设祖国的作用，所长李公俭积极提名朱夏担任全国人大代表和江苏省人大常务委员。朱夏在北京参加第三届人大会议期间，被香港《大公报》记者盯上，记者隐瞒身份，以讨教诗作为名与朱夏接触交谈，以头版消息报道了这位"地质诗人"的心得，一时声名大噪。

朱夏担任华东地质科学研究所副所长的主要职责是在苏、浙、皖、赣、闽五省区域调查编制1:20万地质图的基础上，进一步组织开展地质规律的研究，提出矿产开发的建议。因此他要具体参加区调队编制地质图的验收工作，到矿山考察落实开发技术和方向。一次他陪同地矿部一位副部长到浙江考察一个煤田，那里煤炭开采已经蛮干了六七年而收效甚微，事实证明继续开采毫无价值。当时承担煤田地质技术管理工作的负责人因提出"无继续工作必要"的建议，被戴上"无煤论"的政治帽子，遭到批判。朱夏在仔细审阅了他提交的地质资料并认真听取了他们的汇报后，也提出"停止煤田勘探开采工作"的意见。当副部长听完朱夏直截了当有理有据的精辟分析后，毅然采纳了这一建议，避免了在煤上再盲目浪费更多的人力和物力。这位被解脱的煤田管理负责人后来调往上海在同济大学做教学和管理，他对朱夏表示尊敬，极力配合朱夏支持重振教育。

1966 年夏，朱夏组织完一份浙江西北 1:20 万地质图野外验收与报告审定后，按老规矩进行实地考察。他发现老乡沿山边断层带挖"煤"，十分新鲜。通过观察确认那不是煤，而是固态沥青！这时朱夏不禁十分兴奋，这条上亿吨的沥青矿是被破坏的油田，还是正在泄漏石油的"露头"？他知道早在 20 世纪 30 年代这里附近的石灰岩小晶洞中就发现油苗，因而需要更广泛的区域调查进行认证才行。然而正当朱夏极力发散思维，憧憬着未知的美好时，突然收到南京所里发来的电报，要求立刻返回参加"文化大革命"。始料未及的政治乌云又一次向他逼近。

14　潇洒一生酒伴书　牛棚栏下诗助兴

当朱夏同考查沥青的队伍从浙西回到南京中山门研究所大院时，就听见会议室一阵"打倒走资派"的呼啸声。谁呢？推门一看，只见党委书记兼所长李公佾的颈上套着牌子正在接受批斗。整个大院的墙上贴满了大字报，技术人员中首当其冲遭到围攻与批斗的就是海洋所的刘光鼎，被扣上了"党内走白专道路的资产阶级知识分子"的帽子。他现在不能搞研究了，每天批斗后就是打扫厕所，也不准对别人说话。当时朱夏与刘光鼎都住在宿舍楼二层，比邻而居，朱夏的房门口是刘光鼎必经之地，平时一到晚上就聚在一起一边讨论业务，一边饮酒。朱夏在回到南京的那天晚上，一听到刘光鼎沉重的脚步声响起，就敲了三下墙面。隔壁的刘光鼎立刻会意走出房门，看看四下无人，迅速走进朱夏的房间，轻轻掩上房门，抬头一看，桌上已摆好一盘切好的盐水鸭，玻璃杯里也斟满了洋河大曲，还有刘光鼎最爱啃的酱肘子。于是两人坐下来，一句话也不说，各自喝酒、吃菜，一切都只在默然无语中进行。吃饭喝酒也不过一会儿功夫，刘光鼎微微颔首以示谢意，便转身回房，以免引起事端。事隔三十余年，也已是中科院学部委员院士的刘光鼎，回忆起这不为人知的一幕，不由为当年结下的至深友谊感慨万千，为朱夏的宽厚、慷慨、体恤，唏嘘不已。

随着形势发展，朱夏始终沉默，于是也作为反动学术权威陪斗，站在李公俭身旁挂个牌子。当批斗引向体罚时，刘光鼎那拳击大侠式的气质会做出对抗的行为。他有过地下工作者的经历，迅速离开大院躲到南京地校朋友家里，然后印了一些传单骑了自行车回到大院散发。

朱夏虽然一回到南京就意识到这场斗争的指向，但他却企望凭着1957年保持沉默的经验，重新回到自己安静思考和总结十年石油勘探的环境；然而这场"文化大革命"运动却没有这么"便宜"他。1967年夏，运动已经进行了一年，突然有人揭发朱夏污辱毛主席，说他一次晚上与周围同事喝酒谈笑聊天中提到了江青，有人问及毛主席怎么会与演员江青结婚的？朱夏正端着酒杯，随口说了一句："英雄难过美人关嘛！"

顷刻间，朱夏就成为千夫所指的"现行反革命分子"，立刻被"揪出"隔离审查批斗，脖子上挂着"现行反革命分子朱夏"大木牌子，同所长李公俭并排罚站在中山门城墙根之外，还被下放到南京六合县竹镇进行劳动改造。

这时，进驻华东所的解放军支左部队整理了各方揭发朱夏的材料，还有说朱夏是国民党教育部长的儿子，是归国的特务，有国民党军衔，在他羽翼下笼络了右派、反对毛泽东著作的人等等。支左的领导在部队里是搞宣传的，凭朱夏的文化才能，要说事必有更大的煽动性，因此专门找了朱夏谈话，要他彻底坦白自己的思想。当时朱夏正听说李公侩跳楼自杀了,但他不相信:一个相处多年为人豁达、从战火中过来的老革命怎么可能自杀?只是不明当时真相,内心不免十分愤慨。这时朱夏听了军代表的话,立时表态,每周以诗的形式交待他对运动的看法。

不知朱夏究竟写了什么,这些材料在"文革"过去后整理时已散失了。但从朱夏留下的本子的记载中不难看出,在那被逼要"老实交待"、丧失理性而荒唐的时段中,虽然他愕然、震惊、无奈、痛心、悲愤,并且不得不搁浅自己的人生计划,但却没有绝望,而是达观面对,坦然处之。即便在与猪同居一屋的日子里,朱夏也能悄悄在心中吟出:

请罪归来且看书,半棚牛鬼半棚猪。
檐前冰柱消犹长,心底思潮有渐无。

就在他被认定为牛鬼蛇神时,朱夏心中竟然窃喜,因不必再受驰驱之苦。偷偷做诗一首:

敲锣打鼓听喧阗,片语传闻落九天。
一线已分人鬼际,大呼未许且高眠。

在朱夏想来,如此一场场人与人之间的闹剧并不是巩固政权的办法,国家的自强要靠经济建设。一个人的精力有限,他很清楚他能做和必须做的也就是排除外界的干扰,推动石油地质科学的发展。从他海外求学归来,毅然不顾长期阔别家庭的温馨,投入祖国石油资源勘查的艰苦环境中，已经获得了化意外为意中的知识经验。特别是在第三届全国人大会议上，和代表们热烈讨论国家建设对石油的需求，他觉得不能自暴自弃分散时间和精力，不论狂风暴雨也要沿着既定的航道驰向前方，在科学追求上不能停滞自己的脚步。

但是关进"牛棚"待批定反革命的朱夏，人身自由是受到限制的，哪里有时间或有书可读？无奈之下朱夏突然灵机一动："红宝书"是可以看的，而且有好几种外文版本，可以利用这个机会对照提高外语水平。于是，朱夏找来五六种语言的《毛主席语录》译本，不论大会小会悄悄地阅读起来。他十分得意，原本已精通法、德、英、俄文，这下又多了一种日语。不料这一举动被军代表发现，立刻成了阶级斗争的新动向，作为典型揪出来在全所大会上批判。朱夏理直气壮地回答："我要学习的是用洋话怎么讲毛泽东思想的！"有人发难："你还想靠洋文吃饭？"朱夏绵里藏针地对答："都说毛泽东思想是放之四海而皆准的真理，为什么洋文的《毛主席语录》就不可以看呢？！"结果此事不了了之，但"洋小书"终究不能再看了。朱夏回到牛棚，想起这一幕不禁有些好笑，挥笔写下：

> 红小书看白老人，摊开英法德俄文。
> 忽然棒喝当头起，批斗一番知所云。

群众的眼睛是雪亮的。朱夏在工作中平易近人，从不摆架子，更不会以权谋私，在同事之间更不会以亲疏关系判断是非，因此一直广有口碑，而正是这种随和、民主、风趣的好人缘，让他能够在政治运动的狂澜中起死回生。大凡与他相交的人都知道他平生最不能缺两样东西：书和酒。为此不断有人力所能及地关照他的生活，隔三差五地偷偷给他送去一瓶酒。在监视下怎么递给朱夏呢？有人就想出一招，将酒瓶放在公用厕所抽水马桶顶上的水箱里，只等朱夏去厕所时取出。当然，送来的酒不能明目张胆地喝，要先倒点在桌上的玻璃杯里，试探看守人闻不出气味，夜半就可享受一时之快。正如他在诗中所云：

> 偷传薄酒暗行觞，掩耳听犹掩鼻尝。
> 堪笑此君没面目，但窥穴隙不闻香。

又云：

> 喜结佳邻伴灶王，半凭稻垛半依墙。
> 忽听榻畔鼾声动，茅塞顿开被底香。

这年，朱夏的大儿子朱铉中断了在南大读物理的学业，被地矿所找去参加"可以教育好的子女学习班"。这时朱夏已从苏北劳动基地被挟回南京，幽禁于南京虎踞关附近看管。朱铉冒着政治上划不清界线的风险和压力，悄悄给父亲送过一两次生活用品。街上有一家叫"遵义饭店"的小饭馆，进门的地方竖着一个类似屏风的摆设，路过的人很难张望里面，朱铉便在每星期天中午，约朱夏来这里，自己早早等候在屏风背后，这样可以和父亲见一面，吃上一顿简单可口的饭菜。朱夏饶有兴趣地听儿子说说家里大人孩子的近况，听到平安的消息就特别高兴。儿子问及他的状况时,朱夏总是乐呵呵地说:"你爸是个聪明人,死不了!而且活得很好,让你弟弟妹妹、祖父、妈妈都放心,我会照顾好自己的。"父子俩在相互关心和鼓励中吃完饭,在外人看来颇有些辛酸,但朱夏却觉得团圆幸福。在此期间,他在南京工学院(现为东南大学)任教的表弟孙承烋和他的爱人吴瑞玲,不避嫌疑,想方设法照顾他的生活,使得一向不善于照料自己的朱夏,得以度过难关。

幽禁的环境中当然难免困顿,但朱夏即便瑟缩在破旧的被褥中,仍然能偷偷以诗自嘲:

窗外微听雨与风,不知身在哪山中。
雄关踞虎似相识,拥絮安然学卧龙。

正当运动进行得如火如荼,事有突发,所军管会接到省里一个通知,朱夏必须正装参加一个外事接待任务。于是朱夏被理发修面,穿上西装,系好领带,并反复交代不许乱说。朱夏也被这情景弄懵了,等到了省接待大厅抬头一看,不禁哑然。原来是一位入了美国籍的同学,他在中央大学读书时就对朱夏的学识表示佩服,这次随一个美国代表团造访北京,特意提出要见朱夏,会见就是北京专门安排的。二十多年同学不见,谈起来十分高兴,但朱夏心里却一直盘算,穿了这身衣服回到所里,还得脱掉?

果不出所料,朱夏接待同学返回后,按省里的通知另行禁闭在中山门资料库的地下室里。所里也直犯嘀咕,上报朱夏现行反革命的材料怎么一直没批下来？省里也只说他是人大代表，要中央批。地下室库房环境相对好多了，虽然有点阴暗、潮湿，灯泡从天花板上垂下来，也只照出暗淡的亮光，但在库房西头堆放的家具旁边还堆着从国外订购未曾开封的杂志。这些杂志上已积了厚厚的灰尘，在当时有谁会冒着被批判白专道路的风险去资料室借书？但朱夏很快就乐在其中，灵机一动为禁闭室取了个雅号"西厢"，感到自己很可能又有了一方饱食精神大餐之地了。

  起初地下室里还安排了一名技术员看管，对此朱夏早已淡然处之，气定神闲。一天晚上，那名看守突然向朱夏借钢笔要写东西。半夜了朱夏发现看守还在灯下，一会挠腮，一会唉声叹气，不知费劲地写着什么。不料第二天令朱夏大吃一惊，这名看守被宣布是"五一六反革命组织的成员"，要朱夏来看守这个反革命组织的成员！一时朱夏哭笑不得，只好婉言拒绝了。于是，这名看守被"请"出库房，只剩下朱夏一人独居，这让朱夏感到了前所未有的自在，进出库房也没有监控了，似乎局势松动了。首先朱夏从高处搬下一张小沙发，去掉浮尘，成了他舒服的"坐骑"，然后再将其他沙发摞起来，刚好成趴着可以写字的高度。这时朱夏感到了一种失而复得的快乐，一种似乎别人无法体会的幸福和依稀可及的希望。他可以在这西厢里如愿翻读那些未开封的图书了。

  所里的图书馆虽然没什么人借书，但值班管理员还是正常当班的，其中一个就是所长李公俭的夫人。这似乎成了天造的"内线"，她热情支持朱夏开封杂志并且给予查书和借阅的方便。这下，朱夏抱着大量的书刊，不管窗外有多烦嚣，天气有多炎热，只顾潜下心来埋头苦读。

说来很巧，在中国发动"文化大革命"之际，国际上正引发了一场向百年来传统地质学的革命挑战。正如朱夏20世纪60年代早已经意识到分析中国大陆地质要注意大洋的情况那样，这几年，国际地质学界从洋底调查，获得诸如洋脊扩张、洋壳俯冲和转换断层的信息，兴起了"板块构造学说"，大量的文献表述大陆飘移碰撞形成山脉的活动论，就像雪片一样飞来，已经令人信服地冲击着原地地槽隆升造山的固定论。而这时许多中国地质学家正面对运动的俯冲，而对大洋俯冲茫然无知。朱夏通读到这些文献后不禁感到责任重大，必须迅速地传递到国内同仁手中。他立即从文献中优选了几篇有重大理念的文章，着手翻译成中文，直到译完厚厚的一摞稿子，才似乎如释重负。

隔天，朱夏就在院内"靠边站"例行体力劳动的人员中，见到刘光鼎离得不远，就慢慢向他靠近，低头细声说道："我翻译了一些东西，请你帮我改一改，怎么送法？"刘光鼎听罢，先是一愣，但立即做出反应："天黑就在我楼下北墙根？"那墙根晚上一般是没人去的，朱夏点了头就走开了。当晚朱夏乘着夜色见刘光鼎已等在约好的地点，就迅速地把用报纸包好的书稿往他手上一塞，转身就走。刘光鼎连忙带着纸包回屋掩上门，坐在床上将纸包打开一看，十数篇译文和清秀工整的钢笔小楷，让他读来如沐春风。刘光鼎这才恍然大悟，啊！朱夏的中、外文功底远远超过自己，我能改什么？

原来他是要告诉我这个搞地球物理的人：要了解世界大洋地球物理调查的新进展在地学革命上的意义。于是刘光鼎兴奋地认真阅读了每篇译稿，边读边记，洋洋洒洒地写下自己的心得。就此在"文革"后，刘光鼎树立以板块地质构造理论为基础，推动中国海域地球物理研究的方向，着力发展综合地质地球物理技术。至今，他每回忆起朱夏那时带给自己有关板块构造学说的启蒙时，总是深表感激。

随着时间推移，1973 年，"文化大革命"局势转向促生产，所里技术人员中也慢慢地传开说朱夏有介绍国外地质新进展的消息。一些平时对朱夏学识深为敬重，而对他的遭遇深表同情又苦于无力相助的人，这时正好利用编辑国外科技资料选集的机会，纷纷表示要以专集出版朱夏的译稿，并在各个环节中帮助把关。这当然能实现朱夏翻译的初衷，但为了避免节外生枝，他主张用化名 Z. X.。

经过译文优选，这本书分为九篇两个部分，由华东所编辑，书名为《板块构造的岩石记录与历史实例》，由南京市革委会印刷厂出版内部发行。进而，朱夏以译者附言表达他的译后感，指出："这一诞育于大洋地质与大洋地球物理摇篮里的新生事物，能否在'大陆地质'的严关险道中阔步前进？这些表露于现代地质与地球物理现象中的自然作用，是否在悠久复杂的地质历史中有其始终如一或应地适时的反映？"

这正反映了朱夏在吸收外来思想兼收并容的同时，更注重联系自身的实践。也正如此，在他以后联系中国大陆地质时强调板块运动的会聚还存在大陆内形变的过程，而这一过程正是中国陆相油气盆地形成的条件或环境。现在，美国地质学家已在强调：大陆形变的研究，是板块构造运动的"新航程"，而这一见解在70年代朱夏就已提出，并且不断通过中国大陆地质调查进行检验，也正如此他的观念站在世界地学的前沿。

朱夏译文出版的消息也传到了夫人严重敏那里，她大为惊骇，心疼地说："不要命啦？关在牛棚里还敢写书？"可朱夏却俏皮地回应："不是我写的，是 Z. X. 写的嘛！"那时地质界前辈中也有关注板块假说的，其中尹赞勋老先生就是一个。他听说华东所出了一本板块构造的选集，也要了一本，打开一看署名，立即猜到是朱夏，不禁大为赞叹：在逆境中依然如故！可他不知道，他要的书居然是朱夏花了六七十元钱——相当于那时一个月生活费，自费买了七本分送给知音时，节留下来的一本。

同样在1973年，"文化大革命"发生了微妙的变化，支左的军队撤回到原驻地。华东所革委会不知该如何开展运动，又对朱夏的"罪行"迟迟没有批复感到棘手，讨论之下，决定放他一马，让他先回上海治病再说。

朱夏放出牛棚回上海的消息很快就传到了北京。当时地质出版社也在关注打着地球科学革命旗号的"板块构造说"，而社里正好有一本论证板块构造机制的教科书，是美国芝加哥大学威利1971年写的，书内强调"地质学的课程表必须修正"，于是提出有必要介绍给国内教学参考，取名《动力地球说》。听说朱夏被放出牛棚，出版社编辑立马就跟踪到了上海，特请朱夏翻译这本书。朱夏接过外文原著略略翻看了之后，觉得写得还不错，值得向国内推荐，就欣然接下这个任务。不过他认为全球运动的板块是随着地球历史在不断演变，书名外文"动力（的）"，最好应译为"动态（的）"，但出版社说书名已列入出版征订广告，不能改了。当时朱夏查觉自己食欲不振，经常胃疼，而医院检查还一时不明症情。敏感的朱夏，就全身心扑在翻译上，用两个月迅速完成译稿，并开玩笑地说，准备出版时在译者名字上画上黑框，算是他最后的贡献了。

这本书到了1978年才迟迟出版，但正好赶上成为恢复教育后的高校教材，不过译者名字并未打上黑框，还寄给了翻译劳务费2 000元。这笔钱在当时大致相当于朱夏半年的工资，可解了朱夏的燃眉之急，用以支付女儿的嫁妆费用。

15　惜才自有燕昭王　才情但凭高人赏

朱夏从牛棚解脱回到上海的消息也传到了驻地在江苏镇江的第六石油普查勘探大队,那里的技术员张渝昌藉公差路过也去长乐路朱夏的家里探访。1960年他曾由石油大队总工孙万铨派遣,随同朱夏调查华东各省石油普查进展;朱夏调往南京后,他因熟悉而每有公差到南京,就去拜访朱夏讨教油气勘探知识。"文革"以来时隔八年首次见面,朱夏十分高兴。

交谈中,朱夏为家庭情况担忧,说他遭批斗时,15岁的女儿刚初中毕业被下放到浙江农村,不知还能否回来。张渝昌听罢,介绍了苏北勘探形势,说是为了抓革命促生产,成立了一个江苏石油勘探指挥部,正在扩大人马,下放到农村的勘探人员子女,都可招工进来,建议朱夏重返石油勘探战线。朱夏听了有点动心,听说指挥是崔振东后,说:"他原是地矿部办公厅主任,我认识。"于是表态同意到镇江去见他,打趣地说要"为女卖身"。

经过联系,江苏石油勘探指挥部在镇江接待了朱夏,并由六普大队长王平具体安排在交际处留宿。与朱夏见面交谈后,各位指挥都表示欢迎朱夏来指挥部。朱夏高兴地返回上海,但当时火车拥挤,只好屈尊在车厢门口坐在一个竖起的木条框架箱子上,看上去还真有点像是个要卖身的呢!

然而要将朱夏从华东所抽调出来,谈何容易。尽管时任总指挥的崔振东在干部级别上比省委书记还高,但是朱夏头上这顶待定的帽子谁摘?崔振东深知朱夏的文人性格,闹不出什么大事,但处理起这事还真有点费神,于是他找了从省里派来的副指挥王正,详细地商量安排。王正原是江苏省委常委、科委主任,解放前为搞学运在复旦大学读了九年历史系,文化根底强,为人正直、求贤若渴。王正听了介绍后立即心中有数,群众运动在于引导,简单的上纲上线只能是莫须有,而混淆两类性质的矛盾,关键在于向省里提出调动要有合理性和说服力。于是两人思量了半晌,分析了当政可能影响调动的因素,最后一致决定从加强苏北石油勘探建制上急需安排一位能胜任的副指挥兼总地质师出发,向省里要人。

具体的呈报方式当然由王正一手操办,他很清楚如何与各个省委委员交换意见。在汇报中,王正着重强调了朱夏年轻时在大西北戈壁滩等艰苦条件下为我国石油普查做出的卓越贡献,以及大庆油田发现过程中担任协调石油与地质两个部门勘探开发工作的情况,结果调动一事很快就获得了江苏省委的同意。

就此一纸调令,朱夏跳出了政治运动的漩涡,重新回到了石油勘探战线。这时江苏指挥部将朱夏安顿在新组成的地质综合研究队里,并派人到浙江将他下乡插队的女儿招工进来,一方面照顾体弱的父亲,一方面学习从事地质工作。当时在苏北扬州北面的真武庙钻井高产喷油,勘探发现了油田,正在提请石油部开发。在此一片促生产的高潮下,朱夏参与进来无疑对江苏勘探方向起着指导作用。

朱夏一方面详细地了解勘探情况,另一方面则结合国内外油气勘探理论的新进展,照他的说法"站在地球外面",高屋建瓴地指导苏北勘探决策。每逢指挥部年度或半年度组织的勘探汇报会,他都发言,将大家的成果汇报和不同见解上升到一定高度,形成从整体到局部的预测思路和统一的部署建议,博得到会同志一致的赞同。朱夏在指挥部的工作逐渐赢得了机关内外的尊重,指挥王正也深感佩服,说朱夏的科技思想善于并蓄兼收,博采众长,在勘探面临"疑无路"的情况下,推陈出新,起到柳岸花明又一村的作用。

1975年,我国黄金勘查重新得到国务院重视,由时任副总理的王震亲自出面来抓,要求扭转黄金采量不及慈禧年代甚至负增长的状况。王震组织查看有关资料,发现朱夏在20世纪50年代写的《中国的金》,文字虽不多,却是中国关于黄金矿产唯一的专著,于是专门派人查找朱夏。国务院电话从地矿部追到扬州指挥部,王正一时不知国务院对朱夏有何举动,心中忐忑,怕万一出什么意外对他不利,便以朱夏痼疾缠身为由,专派一名保健医生带着药箱、药包跟着他出差。

到了北京,一切出乎意料地顺利。王震对朱夏待如上宾,每次开会都安排他坐在自己的身边,不时征询有关黄金勘查的意见,并且带着他到东北、山东等地视察金矿勘探。如此劳累之下,朱夏自觉体力不支,向王震提出辞行。临行前,朱夏向王震出谋,两条意见,一是鼓励农民上山淘金卖给国家换拖拉机,像50年代的经验那样；二是解放军转制为黄金部队，像359旅那样。王震听了大为赞赏，立即照此实施。果然，此后第一年我国黄金产量就打破了依赖香港进口的局面。由此王震同朱夏结成好友。

就朱夏北京之行，王正在指挥部内部会议上专门介绍了王震对朱夏的尊重，这犹如一阵春风，吹散了朱夏头上另类的乌云。而朱夏也对王正这位既有原则又富有人情味、十分爱护知识分子的领导非常感激，他调往江苏指挥部并解决女儿调动等都是王正鼎力相助下得到解决的。为此朱夏曾赋诗一首以示心曲，诗中有一句"千金市骨感燕台"，把王正比作燕昭王，喻指王正惜才、识才、爱才。但王正很快也自谦"不敢闻教"。自此，两人的友谊俱增，堪称革命干部与知识分子结合的典范。

16　生死攸关几折旋　白头仆仆恋风尘

在江苏指挥部朱夏的身体一直不好，特别是跟随王震奔波后，不定期要去上海休养和诊治。虽然朱夏为人豁达，但是"文革"期间的积郁终于爆发。1976年底，朱夏在上海家养时突然感觉腹痛难忍不能行走，家人只好向里弄居委会借来一辆板车，放上张椅子让朱夏半躺坐下，由二儿子朱铭推着送到就近医院门诊。医院检查怀疑是胰腺癌。

消息传到扬州，指挥部领导王正、许宝文等专门赶到上海探视，经过商议，决定凭王正在江苏省医院的人脉关系，立刻送南京工人医院高干病房安排手术治疗。工人医院为朱夏实施剖腹探查，知道是囊肿作怪，准备进行剥离。不料就在手术紧张进行的时候，突然全市大面积停电。停电在当时并不稀奇，但等候在手术室外的朱夏夫人和子女，以及海洋所的老友业治铮和江苏指挥部的领导等都十分焦急。这时还是王正立刻找到了院长，一面用手电照着进行手术，同时迅速组织自发供电。20分钟后，总算在紧要关头上来电了！整个手术进行了12个半小时，从朱夏体内剥离出一个重达一斤半的血块囊肿，肿块粘连在胆、胃、胰、肝之间。虽然病灶去除，但朱夏体质过度虚弱，术后一度大量呕血，高烧反复多次，医院给家属下发过病危通知书。

在华东师大任教的朱夏夫人严重敏,向学校请了一个月长假,和女儿一同留在南京看护朱夏。母女二人的心被朱夏忽起忽落的病情紧紧地揪着,但都勉强克制着自己伤心的情绪,只在值班料理时独自啜泣。面对相濡以沫几十年的丈夫,严重敏回想起他们从相知、相爱、结合到以后出国、回国、分居两地经历的无数坎坷和辛苦。她坐在床边深情地凝视着紧闭双目的爱人,为他披了披被角。她俯下身凑近朱夏,屏心静气,听到有些粗重的呼吸声,感受到了一股微微温热的气流。

一个星期后,朱夏终于度过了难关,高烧退了,人从昏睡中苏醒过来。他看着那高悬于头顶的输液瓶"想入非非":如果里面装的是白酒,该有多好啊,当初就算关在牛棚受人监视,还能喝上几口"琼浆玉液"呢!想到这里,朱夏不禁为自己感到好笑。陪伴在一旁的严重敏看到朱夏嘴角浮起久违的笑意,也有些欣然。

在医院的精心护理下,三个月后朱夏终于重新恢复了活力。他在笔记本中留下八首格律诗,记录病中的感悟:

生死关头几折旋,岁除差许报安然。
深刀请挖膏肓隐,浩气岂凭腑脏全。
碗底渐知羹有味,枕边欲索句成篇。
何当换得新胎骨,奋臂来迎动后年。

几时块垒满中肠,错被人呼作酒囊。
曲镜潜窥疑宛转,回波频送失低昂。

捧心自笑非西子，辟谷居然似子房。
乞取并州霜雪刃，剪裁胸臆倍苍凉。

拼将微命托游丝，一榻沉沉十二时。
无我已臻齐物境，招魂拟听楚些辞。
操刀妙手凭神技，立雪深情感故知。
六合茫茫游未遍，人间莫道再来迟。

容物仍嫌少度量，直教盘踞到膏肓。
衔来岂是精禽石，织就还惧濯锦囊。
敢向姜维夸胆大，竟同李贺呕心忙。
他时还我便便腹，余地须添万卷藏。

人间烟火断兼旬，赖此涓涓养一身。
漏滴欲残天不曙，针芒刺处梦难亲。
甜咸未辩琼浆味，芳烈宁如白堕新。
回首瓶樽倾倒日，徒教枕上叹沈沦。

吐纳盈虚不可期，氤氲消长误生机。
荡胸奇气奔雷走，出峡幽风夜笛吹。
半夕彭亨如抱瓮，一朝温软岂凝脂。
加餐枉自劳存问，臣朔何曾识饱饥。

春深三月不闻莺，强自楼居学管宁。
腰脚难忘千里健，皮囊空剩一身轻。

间愁消尽肠犹新，诗思无多梦屡惊。
欲向轩辕荐我血，不知髀肉几时生。

白头犹自恋风尘，载酒江湖四十春。
不是连年伤二竖，那堪高榻卧闲身。
照人肝胆须无恙，厄岁龙蛇岂竟真？
惆怅只今唯一事，醉篆难作再来人。

半年后，朱夏重新登上了江苏指挥部会议的讲台，他风趣地说："在我肚子里也打倒了一个'四人帮'！"面对国家重振经济的要求，他满怀信心地从数量上分析了我国石油普查的广阔领域，指出国外从概率统计或体积法估算中国储量不足 50 亿吨并不可靠。为了解决年产 1.5 亿吨以上原油的后备储量，他引用了方毅在全国科学大会上的讲话："要研究主要沉积区的油气形成，分布的规律和特征，发展地质理论，开辟更广阔找油找气的领域。"

朱夏从自己在西北、东北、华东找油实践和再实践的经历，已经明确盆地沉降控制着沉积与油气的产出，从而可采用地质类比方法评估油气资源。这一研究方向，即所谓盆地分类及其定型化和模式化，正是国外的"热门"。

为了不断检验自己的技术思路，预测未知的可行性，朱夏通过江苏指挥部大、小勘探会议上的发言，与正在实践的地质人员相互交流，充分发散思维，以盆地形成演化为基础，共同探讨如何从少量的已知，去正确地预测未知。朱夏从他早年就建立的观念，即"运动体制的

朱夏从全球地史多旋回演化比拟苏北盆地油气聚集"四世同堂"的发展

变化是形成含油气盆地的首要条件"出发，反复例解比拟苏北盆地具备"四世同堂"的油气聚集条件，得到广泛的认同。进而，他在新生界已发现油气田的基础上，推动油气普查工作向新领域开拓。

讨论中朱夏强调勘探根本性的战略指导思想应当围绕油气聚集条件展开，这里包括了物质与运动的关系、时间与空间的限制，也包括了构造的、地层的、水动力与静水压力的等等地质因素对生、储、运、圈、盖油气条件的制约，但这无疑是一个完整的、统一的概念，要从整体来分析对待。显然，这一"整体"是从"运动体制的变化"这一概念出发的。就今天来看，他所指的运动体制就是一定历史阶段一切物质运动形式及其相互关系的总合，就是系统的观念，而油气物质运动体制的变化也就是油气系统整体动态的变化。

朱夏指出，从盆地总体分析油气聚集条件比单纯勘探一个构造的工作复杂得多。他认为油气藏总是有它的"个性"，在普查的勘探阶段没有什么成规可循，因此要善于吸取经验，包括散见于国外书刊论著的知识，进而联系实际、去粗取精。就此，面对发现井，他从大量失败和成功部署的实例中指出，只将构造高点作为预测的油气藏位置是片面的。由此他从构造、地层、水动力等圈闭类型进一步结合江苏已知油藏圈闭的特征，提出"扩大刘庄式、发展真武式、寻找任丘式、探索古生界"，以期找到更多隐蔽的油藏，并且由此联系到全国各地油藏聚集的条件以及勘探成功或失败的原因。许多同朱夏一起讨论的科技人员深受启示，它意味着面对油气发现，并不在于为某一固有的圈闭形式所约束，而在于从油气聚集的基本概念联系具体实际分析油气运移的路途上，任何及时被封闭的储油岩都可以捕获油气，只要正确地分析，就会揭示隐蔽。

朱夏展开指出油气聚集条件都不是"事物的各个片面"，不是孤立的，它们具有本质的、内部的联系。进而，他以当时华北发现的"潜山"型油藏为例，提出油气集聚的总体除了"新油新储"之外，还有如"新油老储""老油老储"等不同的关系。查明这些形式和关系将可能找出属于多种不同圈闭类型的油气藏，进而从盆地总体上回答"油源的产物究竟聚集在哪里"这样一个带根本性的战略问题。

由此，他解释江苏油气的"四代同堂"，不应仅仅理解为"多层系含油",而重要的在于不同世代盆地沉降多旋回的更迭,包括沉积的迭加与运动的迭加,不止一次也不止一处的油气生油与运移储油,彼此交接和沟通提供新的有利条件。

上述针对江苏实际而又联系全球所发表的各种见解表明,朱夏从盆地整体预测油气的指导思想、技术路线和方法,已经酝酿成熟上升到理论的高度,从而走在世界盆地分析的前沿。

这时国家的政治经济已经从"文化大革命"的极左思潮中扭转过来,全国各省科委领导集合在广州,讨论贯彻全国科技大会的精神。参加会议的江苏省科委主任兼石油指挥部指挥王正,极力支持朱夏研究石油盆地,为创造攻关条件,他建议朱夏举家迁往南京,在原市委大院内专门安排工作和生活场所。可是迁居的事没有办成,朱夏夫人自己的事业也正在兴起,在华东师大形成的城市地理科研正得到上海市政府的重视。

这时地矿部石油局也在调整中重新审视石油普查勘探的方向。局长塞风当时组织了全国各分局的总工,以巡游讨论的方式到达江苏石油指挥部,切磋华东石油地质的勘探方向。巡游中塞风结识了朱夏,深为朱夏的勘探战略指导思想和学识建树所折服。他们讨论了油气勘探部署的指导思想与基础理论之间的关系,于是塞风在北京石油局内设立石油地质研究所,请朱夏出任所长。当时在江苏无锡落定石油地质标本测试的实验室主任周其昌提出:光有实验数据,在勘探部署意见会上是个哑巴,测试应与石油地质之间配合。因此塞风又请朱夏兼顾京外的实验测试运用。

朱夏接受了兼顾意见，提出以他研究的盆地地质分析同实验测试结合，在为全局勘探部署服务"农忙"之余的"农闲"时，在无锡自主开展盆地研究，就像美国兰德公司那样，驻地加州圣莫尼卡，独立向华盛顿政府提出建议。这一想法得到塞风的赞同，无锡离上海近，朱夏家居生活也方便。这样由朱夏组织了四名助手组成朱夏班子，后正名为盆地研究室，编制在北京，落户在无锡石油地质中心实验室，经费北京出，工作生活无锡负责安排。由此，我国第一个为油气普查进行资源评价理论研究的含油气盆地机构在无锡成立。

17　学者潜心作贡献　诗情地学两相妍

随着1978年全国科学大会的召开，就像1956年那次大会一样，科技人员群情振奋，为实现现代化建设迎来第二个科学的春天。这时，58岁的朱夏也以饱满的热情投入无锡的盆地研究室工作中。他认为盆地分析一方面应当在勘探之前，提供部署依据，进而接受检验；而另一方面盆地研究自身则又应当密切结合地质科学的新进展，不断提高盆地科学知识。他计划设想按理论建模—实例校验—动态模拟的程序来进行盆地系统的研究工作。

为此，1979年春，朱夏在无锡濒临太湖美好风光的宾馆邀请了全国知名学者，共同讨论油气盆地的形成和油气集聚的规律。在讨论会上，朱夏提出了一个后来广为人知的盆地TSM系统分析程式。他饶有风趣地将油气盆地诸多形成因素的英文名称以首端字母标示，各自纳入分析流程，有序地从整体到局部进行分析。首先，他按板块运动机制引起地壳沉降的因素以"T"表达盆地形成的构造环境，确立一定地史发展阶段当时机制形成的沉降结构空间，称为原型，作为系统的边界，而地史沉降发展至今形成的盆地整体则是世代原型更迭的组合；然后进一步解析原型原本空间内沉积、构造的地质作用因素（表达以"S"）和油气物质生成、运聚的响应因素（表达以"M"），以及原型空间更迭后引起系统边界变化的影响，运用原型类比，从少量已知，动态地预测油气资源丰度和油田所在位置。

这一以地史变化动态分析盆地复杂结构的学术思想，立即吸引了与会专家纷纷从中国陆相盆地实地掌握的信息，探讨盆地不同时期形成的沉降机制、类型和油气聚集条件，一起撰写了 27 篇论文，由朱夏主编成《中国中新生代盆地构造和演化》论文集，列入科学出版社发行的石油地质学基础理论丛书。通过这样的学术交流和书刊出版，集聚了我国盆地的科研成果，为创新石油科学技术树立了典范，使我国盆地研究迈出了重要的一步。在继后的十年里，"国际岩石圈动力学和演化"规划也将大陆列入专题研究内容，强调大陆形变的研究是板块学说发展的新航程，而这正是 20 世纪 70 年代朱夏读到板块构造论文时，提出要考虑"板块登陆"的初衷。

朱夏将中国中新生代形成的陆相盆地归之为板块运动旋回大陆会聚后再形变的阶段，由于改变了大陆历史的构造格局而称之"变格"盆地。这得到著名华裔地质学家许靖华的高度重视，他积极推动将中国盆地的分析介绍到海外，并期望朱夏编辑《中国沉积盆地》，首列入世界沉积盆地丛书。当该书 1989 年由荷兰埃尔塞沃出版社出版发行时，许靖华十分感慨地说，朱夏能够将各个工业部门的专家如此密切地组织在一起工作，这书编写实属不易。

为了方便在国内交流，朱夏与中国石油学会秘书长徐旺，石油工业部研究院院长田在艺、研究员胡见义，武汉地质学院北京研究生部陈发景教授以及无锡盆地研究室的专家等编委一起，又另外以中文汇编《中国中新生代沉积盆地》一书，1990年由石油工业出版社出版发行，再一次通过第一手历经勘探实践的地质学家，从不同角度求取油气盆地理论的深化，起到了开拓新视野、发展新观点，进入新境界的作用。

为了让不同学科的专家及时了解盆地油气聚集的规律，朱夏在研究中十分重视常年的学术交流。他积极推动无锡石油地质中心实验室的内部刊物公开发行，并带头投稿。他在首期上发表了《中国东部板块内部盆地形成机制的初步探讨》，以新颖的观念吸引读者，并说他会将所有新进展都发表在这份杂志上。他建议杂志取名"石油实验地质"，引起一阵不解，不是都说"地质实验"吗？但读了他为创刊号写的引言后，才明白朱夏寓意良苦。他在引言中就盆地深部地质资料贫乏、规律探索只能粗略而大胆尝试，写道："这些问题将有可能借助于实验模拟而获得较好的解决。作者希望这一工作将成为新兴的石油实验地质学的一个组成部分……"原来，他要将地质的形象思维与数理化的逻辑思维相结合，以检验地质规律的分析。大家说这可是要将地球装到实验室里去了啊！

朱夏在通过期刊交流学术中很重视校稿，以避免差错或误传。他表述我国油气盆地演化的观念为不同历史世代盆地原型彼此迭加的关系，但在编辑中常有依规定将"迭"改为"叠"的情况。为此朱夏特别强调编辑中不可含混术语内在的含义，他写道：这种迭加不是一般的沉积的"复合"，而是通过构造格局的重大变化（"变格"运动）所构成的复杂联系。

曾有报社造访，极尽道歉之意，朱夏亦谦然相迎，捧茶让座，旋即畅谈交流编辑经验和要点，融洽之至。事后大家才知报上登的中科院学部委员名单中将朱夏名字误为"失夏"，为此，朱夏投了一信，附有诗云：

> 铮铮脊骨何曾断，小小头颅喜尚存。
> 从此金陵无酷暑，送春归去便迎秋。

诗句诙谐令人捧腹，但交流了一番编辑校稿的经验。

随着国家发展越来越与世界接轨，身为中科院学部委员的朱夏既担任中国地质学会石油专业委员会的主任，又是中国石油学会的常务理事，国际科技交流活动也开始日益频繁。起初朱夏以中国代表团团长身份赴荷兰参加国际沉积学会北海盆地海洋沉积讨论会；接着，又以中国代表团副团长身份赴加拿大参加联合国长远能源会议。通过会议交流，朱夏的发言引起国际上的反响，国际沉积学会还专门选举他为特别代表。

给朱夏印象最深的是1980年7月远赴巴黎参加的第26届国际地质大会，在这几千人参加的国际学术会议上，只有十位学者可为大会上做一小时的报告，而朱夏便是其中之一。他用流利的法语宣讲了自己的论文《论中国油气盆地的构造演化》，全场报以热烈掌声。当朱夏缓步走下演讲台时，美国石油地质界著名学者巴利立刻迎上前去握住他的手，激动地连声向他作的精彩报告表示祝贺。会后巴利迅速就朱夏对油气产出的观念作出反应，在盆地分类上专门强调

1980年，在第26届国际地质大会讲坛上宣读论文

应列出"中国型盆地"，虽然对此他还所知甚少。朱夏的报告产生了广泛的影响，让国际地质界知道了中国的地质研究成果，听到了中国地质界的声音，也为朱夏向着自己心中"树我中华之大气"的目标向前迈进了一步。

1976年中国刚恢复在国际地质科学联合会的地位时只派了一位代表出席第25届国际地质大会，此次出席第26届国际地质大会的代表团则是我国首次派出的大型地质代表团，团员规格很高，都是学部委员，其中不少曾在瑞士留过学，例如黄汲清先生。代表团在飞往法国时，选择在瑞士中转，借机去苏黎世地质研究所专门拜访当年授

第 26 届国际地质大会期间在巴黎凯旋门前留影

巴黎国际地质大会期间与黄汲清（中）和王鸿祯（左）在一起

课的老师。朱夏也重访了当年求学时的生活学习环境，当他站在异国繁荣的土地上，想到自己这个三十年前一腔热忱异国取经的爱国书生现在已变成华发丛生的老者，不禁思绪沸腾难以平息："原本中国人和外国人应该比肩齐高，可是如今拉开的差距仍然巨大。三十年来，我们的理想命运在时代的起伏中几回浮沉如果没有那一场十年浩劫，祖国一定不会是现在这个样子。"感慨万千中诗情涌动，脱口成章：

三十年前一棹归，蹉跎无计惜芳菲。
白头又上西行路，悲向崦嵫拾落晖。

桃李芳华总比肩，培栽摧折岂关天！
异邦亦有玄都观，太息刘郎已暮年。

朱夏打听到当年一起求学未曾返国的同学，已娶了洋太太定居在巴黎，利用返国船费在巴黎开了个咖啡馆维生，于是按捺不住激动的心情，在巴黎会议间隙，出现在老友开的咖啡馆里。他置身于格调高雅而浓郁的西洋文化中，望着眼前既熟悉又陌生的友人彭君，三十年前话别的情景记忆犹新。他能理解友人的选择，而自己在义无返顾的归途中曾以诗词相赠，此后便各自杳无音信，没想到如今韶华不再，还能杯酒相碰以话人生。正在思绪翻飞间，耳畔突然响起彭君浑厚的嗓音：

别后山灵须见恼。已是来迟，却又归偏早。冻石寒云情未了，
残篇难续南山稿。

不信浮生原草草，陆移海换，毕竟乾坤小。东望朦胧天已晓，
沧波为我催征棹。

"你，竟然还背得这么清楚？"友人背诵这首三十年前自己写给他的词，竟然未遗一字。

"不用背，因为它早已融化在了心里了。来，干杯！"

端起友人为自己斟满的杯酒，也是自己当初留学时最爱喝的瑞士名酒"白樱桃"，朱夏不禁为友人的这番深意感动不已，动容地说："旧人，旧词，旧酒，实感相爱之深，怎一个谢字了得啊。"停顿片刻，清了清嗓子，朱夏缓缓地吟咏道：

卅年去国哀思满，万劫磨人豪气消。

忽听停杯吟旧句，泪珠迸作白樱桃。

朱夏回国后每谈及在法国与同学相聚，都为他在国外生活安定而十分高兴。但相比之下，他自己也走出了一条无悔之路。虽然历经了众多的艰苦，但是达到了自己愿望的事业高峰，走上了国际的讲台，无愧于炎黄子孙。

朱夏认为我国虽然摆脱了贫油论的帽子，但石油需求迅速增长，依赖进口的趋势正在增大。因此从 20 世纪 70 年代石油能源危机内在的政治霸权反映，为了国家安全，必须重视自力更生，寻找国家石油储备和合理利用。然而，地下隐藏的石油资源在探查投资与采收回报之间，存在高风险和高效益的辨证关系，只顾索取，储备降低；盲目投入，风险更大。如何正确预测和发现新的油气资源是石油地质工作者的关键，只有那些在勘探部署上成功预料油田位置的应用技能才有开拓的前景。

因此，朱夏将无锡盆地研究列为应用研究范畴，盆地分析以地球动力学理论研究进展为基础，但必须在勘探部署上提出油气发现井位，预测评价不断接受检验。中新生代发育的盆地是历史长河中油气繁荣的段落，这一阶段的中国盆地有其自身独特的油气富集风格，因而深入分析它们的油气聚集规律提高预测能力，一定会对中国的经济乃至世界的发展做出贡献。

朱夏首先计划开展的理论建模就针对中国中新生代盆地原型进行实例检验，也就是按照他提出的 T-S-M 程序建立一定"原型"的空间结构单元和沉积充填的实体模式，以提供分类类比，进而预测由原型更迭组合为盆地整体的油气集聚条件和分布。

对于中国南方海相中古生界的油气潜力，朱夏一直寄予希望，充满信心，他与刘光鼎先生多次探讨这一问题。在他逝世后，刘光鼎先生不遗余力地推动此项工作。朱夏也积极支持家人投身于该领域的勘探和研究。2002 年普光 1 井试气喜获高产工业气流，在海相飞仙关储层取得突破，吹响了普光大气田发现的号角，为川气东送奠定了储层基础，在现场的朱夏长子朱铉与同伴们喜极相拥而泣，此时在他心里，盘旋着陆游的名句"家祭无忘告乃翁"，心情久久不能平静。

实际上，朱夏原型的观念是他 20 世纪 60 年代定义含油气盆地的另一种表达。当年他的"盆地"概念就有时代的含义，是"在地质发展历史一定阶段的一定运动体制下形成发展的统一的沉降大地构造单元"，现在采用的术语"原型"是在概念上强调，按科学可分类的是某一地史阶段"沉降的大地构造单元"，而不是有史演化以来世代沉降组合的盆地整体。这一观念否定了长期以来按现今大地构造特征惯用的盆地分类，而强调要解析现今盆地的复杂结构，以历史形成的沉降结构进行类比，作为油气预测评价的基础。

由此朱夏反复强调盆地分析，特别是复杂的大型盆地，"必须进行各阶段的结构分析。历史的、动态的、系统的结构分析对于探索有复杂运移过程和生储关系的油气藏类型尤为重要"。这样，朱夏将盆地引向系统的动态分析，在观念上站在世界热潮的前列。

这时朱夏完全沉浸在他的勘探经历之中，他想，找油工作中已知和未知之间悬殊非常之大，贵在开拓，必须敢于发散思维，才能融未知于已知，化意外为意中，正如百年前找油的先行者普拉特所说，"首先找到石油的地方是在人们的脑海里"，要为发现井做准备。为此，要防止普查工作战略的片面与失误，首先一定要免于找油"哲学的贫困"。

为此，朱夏分别从不同世代的机制对中新生代盆地和古生代盆地进行了原型分类，提出中国大陆中新生代以来处在板块会聚的陆内形变环境，可能引起7种构造力学体制的原型沉降，分别以英文译名大写字首字母 A、B、C、…、G 标示类型；相匹配的热机制则采纳了欧洲学者的观念，推想大陆深部软流层在会聚作用下像桑蚕一样发生蠕动，隆起升温，潜伏降温，并向大陆会聚作用相对较弱的方位移动。依同理，他对古生代也提出6种构造—热体制，亦以小写字首字母 a、b、c、…、f 分别标示原型。不过，他发表原型分类的论文后，反复强调这只是尝试性的交流，"姑作引玉之砖，以求同道指教"。

这里不难看出朱夏散发的思维还考虑了原型所处板块构造运动环境的差异。当板块离散热上涌分裂大陆时，陆壳可拉张形成国外通称之为裂谷的地堑或半地堑的空间结构，但是在板块会聚的陆内环境里，当陆缘向陆内传递挤压与深部热蠕动上拱相配，转换为"下压上张"时，也形成地堑或半地堑的空间结构，为了区别，称之为"断陷"。同样，当板块会聚大陆拼贴碰撞造山形成山前半挠曲挤压的空间结构，国外通称之为前渊，或对应处在"陆之前"而称为前陆盆地，但是板块运动还存在像"雪橇"那样的会聚，在这样的拼贴过程中也可因地壳扭裂诱发热上涌而形成拉张性的"塌陷"空间结构。

显然，通过系统不同边界分类原型，并以它类比预测油气，必须进行实例检验。为此朱夏引导盆地研究室的研究人员分工一方面联系中国大地构造演化以进一步确立原型的分类和形成机制，一方面通过东、西部盆地勘探进展发现的油气藏实例验证成藏规程。

在研究中朱夏提出要像中医治病的辨证思维一样，重视积累药方和治疗案例。他借德国哲学家提出的思维流程"PP（问题）→ TT（假想）→ EE（检验）"，首先从少量已知的问题出发，发散思维提出假想，然后反复检验可能的误差，像照镜子一样勇于自找错误，然后上升为新的问题，不断求真。

朱夏在反覆论证他的思维。恰逢1984年恩师黄汲清八十大寿，朱夏特意邀请黄老先生到无锡来旅游，住在太湖旁，一边观赏风景，一边讨论地壳演化的多旋回性。黄老先生可是中国山脉成因知识的泰斗，还在地质大地构造学盛行"地槽说"的那个年代，就提出造山是多旋回的。通过讨论，朱夏进一步明确，现今提出的"板块说"即地壳表层的构造运动，就像漂在水上的板块那样，通过大陆的离

1984年黄汲清80岁，在无锡小灵山八百年大树下留影

散到会聚碰撞造山构成一个旋回，并没有结束，大陆碰撞后形成的山脉在会聚的环境下还会继续形变造山，这就是在大陆内见到的造山多旋回性。这样大陆就不是铁板一块，可因形变沉降而充填陆相沉积形成像中国那样在大陆内发育的盆地。

以后朱夏又生动地以打麻将来形容板块运动旋回：开局，板块大陆裂解；吃，漂移的冲；碰，板块大陆边缘碰撞造山；罡，会聚陆内形变，造山带多期板块会聚洋壳俯构造滑移形象犹如罡上开花。它意味着板块运动旋回指示着地壳沉降结构空间体积、温度和压力阶段性的变化，这种变化正是约束沉降空间内随沉积分布的有机质转化生烃的条件，而掌握这样的条件正是动态预测成藏的关键。

朱夏在预测油气资源形成和分布上独树一帜的见解迅速在国内石油地质界人士中得到响应。为了提供石油地质工作者教学人员参考，石油工业出版社专门收集了朱夏1965—1984年间在期刊或学术会议上公开发表的论文11篇，以《朱夏论中国含油气盆地构造》专著的形式于1986年出版发行，还特请朱夏写了"自序"。不难发现20世纪80年代前期朱夏流畅书写的文章就多达十篇，反映了无锡这一阶段是他最为专心立说的时期。

由于朱夏将盆地看作是地质作用—油气响应诸种内涵和外延因素互相关联的复杂系统，因此他设想如将这些地质因素的形象思维关系转换为逻辑思维的数理方程式，采用电子计算机数值模拟运算的方法推理，一定会从多组合多方案的确定性模拟中分辨不确定性，有效地求证原型系统的合理性和检验原型全球的可比拟性，进而有助于找油工作者在脑海中形成油气田。因而他极力地推动实例原型建模中开展盆地模拟，定量地检验油气推理。

然而对动过大手术的朱夏来说，精力高度集中的科研十分伤神，已构成了一种严峻的挑战，虽有女儿精心照料，仍数度卧床不起，再加饮食不慎，还引起肠梗阻。但他并不在意，用一首首抒情言志的诗作，抒写了壮志豪情，低吟着儿女情长。如在《题红色大理石》诗中云：

未许苍山染黛青，还愁冷面白无情。

此身愿与珊瑚伴，银烛秋光暖画屏。

诗中展现出一位高洁持身而又热情面世的人，正以银鬓盈头、青春尽献之身，在地质工作者的"画屏"中，为国家建设和地质进步送去自己的暖意。朱夏自知病弱，但仍在争分夺秒地工作，犹如潺潺的流水，没有停息。又如在他诗中自勉：

> 老去原知步履艰，江山未许此身闲。
> 传薪献曝心犹壮，烈士何尝有暮年。

在盆地研究室组建过程中，已在科研和生产中卓有成就的陈焕疆、孙肇才、张渝昌、秦德余等人先后加入研究室，后来又补充了丁道桂等新生力量。他们在朱夏学术思想的指导下，百花齐放、百家争鸣，对中国的含油气盆地开展了全面和系统的研究。与此同时，在地矿部赛风副部长的支持下，朱夏和关士聪两位老友再度携手合作带领盆地室的专家和郭正吾、刘正增等，对地矿部各油气勘探区作了广泛和深入的调查研究，在此基础上对油气勘探的工作进行了整体规划并提出相应的建议和措施，得到了采纳和实施。因为身体原因，朱夏精力主要集中于盆地研究室，而他作为所长的石油地质研究所的工作，主要由他在大庆时的老战友韩景行承担，后来又加入了王庭斌。1986 年初，地矿部几经研究，最终决定解除朱夏石油研究所所长职务，将他调往上海任海洋地质局顾问，在无锡的盆地研究室并入石油地质中心实验室，继续贯彻和实施油气盆地研究"理论建模—实例校验—盆地模拟"的工作计划。

18 安贫乐道执教鞭　儒雅风趣育后人

朱夏调往上海担任顾问的海洋地质局,实际是南京海洋研究所撤消后在上海和广州重组的单位之一,相关的地质研究人员原本就与朱夏熟悉,其中在"文革"中与他共患难而没有断过联系的知己刘光鼎还是地质局的副总工程师,因此朱夏很快就融入了中国东海的油气勘查工作。

当时刘光鼎正在编制"中国海区及邻域地质地球物理系列图",朱夏欣然协助他进行海区地球物理信息解释,建立盆地与海陆地质大地构造环境之间的关系,为勘探决策服务。虽然朱夏看上去弱不禁风,可大脑思维却依然清晰而敏捷,才情不减当年。每次东海编图讨论,朱夏必到。讨论中对于不同观点和看法的争议,他总是抽着香烟静静倾听,然后才发表意见,但他的发言总是一揽全局,用深邃的学术智慧将大家争执的思想像一个个珍珠那样串连起来,这一串连的核心就是大地构造活动论的本质,给在场的人带来极大的启迪。

一般地质图件对海域都用一片蓝绿色表示海水覆盖,如果恢复到一定历史时期又表达不出东海大陆边缘与冲绳海槽的关系,因为那时冲绳海槽还未形成。为此,朱夏建议采用透视的原则编制东海的盆地构造区划图,依据地球物理信息对东海地壳沉降区以最新的

数十载奔波返家后与孙子和外孙女在一起,其乐融融

1981年朱夏与刘光鼎(右)积极参予了同济大学的教学工作

沉积连续分布圈定盆地范围，进而在新沉积覆盖区内划分出隆起、坳陷，以及更低级的构造单元，分别比较它们的油气有利条件，提供优选勘探。如此编图的原则迅速得到推广，实质上正是他期望表达盆地原型更迭约束油气的动态响应关系。

朱夏强调从海域看中国大陆边缘存在北、中、南的差异，在编图工作会议上，他还作过一次大会形式的专题发言，表述了他对中国大陆边缘历史存在"东西分带"和"南北分块"两类格架，因此他提出中国大陆边缘要进行演化史和动力学方面的研究。在座听取报告的有同济大学的博士生，他们就是以中国大陆边缘北、中、南三个部位分别安排为博士生论文题目。这一研究的指导思想后来体现在朱夏的文章《关于中国大陆边缘构造演化》，发表于《海洋地质与第四纪地质》杂志1987年第7卷第3期。

东海含油气盆地区划图编制后，朱夏还以他诗人的风雅提出以杭州的风景区名称为各个区划评价单元取名，于是一片汪洋大海中有了"西湖""春晓"等名称。有人奇怪地问他为何不以国际常见的经纬度位置命名？他答道：这是中国老百姓喜闻乐见的西湖美景！这表达了朱夏的爱国情怀，反映了中国海洋地质工作者坚决维护国家主权和权益的心态。最终，这套中国海区及邻域地质地球物理系列图被认为有里程碑的意义，获得国家自然科学二等奖。

朱夏返回故里后仍然参加了众多社会活动，他被遴选为上海市人大代表，还参加了上海市诗词协会，与一批诗人聚在一起甚是融洽。与他唱和的诗友中，有他父亲当年的诗友聂绀弩、施蛰存、苏渊雷

三大学部委员扶植海洋地质学发展，左起第二人刘光鼎，第六人业治铮

等大家，也有王朗秋等同事和朋友。他十分乐于参加诗词协会的活动，有家访候他归来时，总见他诗兴未艾，晃着头，嘴里哼哼地走进弄堂里来，悠然悠哉。在这安详的环境里，朱夏终于享受到了家庭的温暖。然而朱夏并没有放弃执教的愿望，这是他人生第四个十年计划。

还是在1981年，刘光鼎就曾找过朱夏，说他的一个学生到上海同济大学任教，希望他能帮带教学。朱夏当然非常高兴，那正是他人生计划中的一部分，于是两人详细地商议如何操办，提出以"海陆结合""古今结合""地质与地球物理结合"的途径带领学生研究中国的大陆边缘构造演化。他们还将以前在南京接替任海洋研究所所长的业治铮找在一起，形成地质构造、地理物理和沉积专业教学的框架。这一举措当然震动了同济大学，因为一个刚筹建的小小海洋地质系，居然有三位学部委员来兼职教授培养研究生，为造就新一代的地质学家倾注心血。当时同济大学正在调整学科教育，为此校方专门派出一位杰出而扎实工作的党总支书记金镤进行配合。由此，朱夏从1982年到1990年，带了十余名硕士、博士研究生。

有研究生入学复试，朱夏从来不限之以绳墨，而是导之以自我完善，例如一个考生在谈及识别断层有八条标志时，表示在野外有很清楚的破裂状态，不必条条去对照，朱夏一听立即表态："不用考下去了，我收你这个学生。"他在治学方法上，也一直鼓励研究生要敢于突破前人观点、提出新见解，要超过自己的导师。他说研究生特别是博士生如果不超过导师，是导师的失败，只有超过了我们国家现在的科学技术水平，一代传一代后继有人，科学才会兴旺。

1985年朱夏回到上海后，更是每半个月就在同济招待所住上一周，利用这段宝贵的时间精心指导他招收的博士、硕士研究生，对他们的学业和论文的每一个环节，都以认真负责的态度尽着导师的责任。因此他每次接待学生时总是风趣地说要打"迷踪拳"，要广泛接触，海纳百川，博采众长，开拓出新思路，新突破。他那谐和的语气、谦逊的态度一下拉近了学生与导师的距离。每到吃饭时间，朱夏总会先请一名学生去买酒"打前站"，然后和学生们说说笑笑地去楼下餐厅"打牙祭"。朱夏总说这顿饭钱是我出，只要你们作陪。在饭桌上，朱夏以轻松活泼的语调消除学生们对自己的敬畏，从自

朱夏鼓励研究生写论文时要敢于突破前人观点，提出新见解

己五十年"笑傲江湖"的旅程，到津津乐道的文学，再到广博专深的地质学科，轻松的谈吐总是启迪并引起每一位学生的思索。

至于从海洋地质角度安排研究生大陆边缘构造演化的课题，在朱夏心中自有一番盘算。当时我国海域的地质掌握程度虽然还很低，但他从中国长期积累的大陆演化知识出发，在一次海洋系迎新大会上，面对年轻的莘莘学子，散发他的思维活动，从几代地质学家同地球物理学家反复讨论和亲密协作形成"陆移洋换"的思想，广泛引证现今中国东部陆缘洋壳开合运动相关的历史演变，阐述中国的大陆如何在古生代全球运动阶段由不同陆块拼贴形成"南北分块"的古地台特征，而在近2亿年来新全球运动阶段陆内又如何变化出

"东西分带"构成条块网格状的构造格局，而沉积盆地就分布发育在这一变格结构中控制着油气的形成与分布。各位研究生依此格局，从中国陆缘自北而南不同部位分别立出研究课题，共同论证检验构造演变规律和对油气盆地发育的控制关系。

朱夏以他那听起来儒雅敦厚而扣人心弦的嗓音，对学子们娓娓道来：

"地球科学是一个很广阔的天地，我虽比同学们早半个世纪跨进地球学科的大门，但'学无先后，能者为师'，希望十年以后各位都超过我。同学们在刚刚迈进大学校门时应该'正其始'，反复考虑'学什么，为什么学'这样一些问题，既要有益于国家和人民，又要顾及个人的理想和兴趣。五十年前我之所以进入地球科学行列是经历了一番曲折的……五十年的经历使我深深感到：个人的生活兴趣、科学上的意义以及国家建设的需要这三个方面要相互结合，随时调节其先后次序。当需要重点兼顾某一方面时，只能适当地牺牲其他两方面的某些内容……生活观对于地质工作者来说尤为重要。地质生活与其说是艰苦的，毋宁说是壮丽的。同学们还有个如何正确看待自己的问题。年轻人有抱负，自信是应该的，大家经过一番奋斗进了大学，难免有自我陶醉那种飘飘然的感觉，但这种自信与自负千万不要变成自大。山外有山，天外有天，一把宝剑不能独霸天下，这道理是显而易见的……"

朱夏这一番寓深奥的人生哲理于诙谐轻松的言谈，令台下的学子时而微笑，时而深思。

对于研究生的论文工作，朱夏从不强行规定论文的具体内容，鼓励学生们在论文选题、研究中大胆设想，不囿于成规，但在研究的关键阶段又严格把关、细心指点，用他自己的话来说即"先放后收"。

至于论文答辩，朱夏则本着爱护的原则，既不主张对研究生"三堂会审"，也不主张形式主义地草率从事。有一名硕士生在答辩时，因为论文做得较草率，朱夏硬是破了同济大学的先例，让这名学生对论文重新进行修改，延长了半年学业才让过关。当朱夏觉察研究生的答辩逐渐流于走过场时，他对"临时请答辩委员匆忙浏览论文、粗略提点意见就算数"的马虎做法十分不满。他说："用一两个小时的时间来评论一个研究生几年来的劳动是极不负责的，也是误人子弟的。社会上的一些歪风邪气怎么能在大学校园里弥漫！我反对这种做法。"由此他对自己指导的研究生，总是要求及早将论文提交答辩委员，让他们有充分时间阅读后提出重要的问题予以讨论，并力图将研究生答辩会开成一个小型的学术讨论会，而在其中自己也受益。当然，有时因为某种原因特别是组织不周而"突击"举行研究论文答辩时，朱夏只好详尽审阅论文，利用一切时间与研究生交换认识，尽可能补救这种不正常的答辩。

朱夏门下唯一从硕士读到博士的弟子周祖翼铭记不忘的回忆是，他的博士论文初稿是送到无锡去的，当时朱夏由女儿照料在养病，但实际上各种人员往来讨论、活动，比他在上海更忙。可老师非常高兴地接待了学生，一面专门嘱托女儿安顿住宿，一面习惯地邀请共餐听取心得见解；随后更是挤出时间，认真审阅全文，论文删改

1986年,与同事及学生一起研究中国大地构造

每一处都凝结着导师的心血。

　　另外一名博士研究生吴健生进入论文撰写时,朱夏已经病体不支了,但他不顾病魔的侵扰,躺在病榻上仔细地听取吴健生对命题的论证,批阅他的论文提纲。开始讨论时朱夏还能坐着,后来起不了身,只能躺在床上,有了什么想法,便口述给身旁的劳秋元教授,请他代为修改。就在朱夏临终前三天,当他辨认出来是劳秋元教授带着准备答辩的学生吴健生时,他立刻竭尽全力,艰难地与他们讨论。临别时,还握着吴健生的手,抱歉不能参加答辩会了,预祝他答辩成功。此情此景,怎不令人感动、令人铭记终生!

　　正是朱夏对学子的一片热忱和期盼,使他在学生们的心目中树起了一座永远的丰碑。他们感到大凡在学术上有重大建树者，必然也会形成一套独特的学术思想，朱夏就是其中的佼佼者。他那清淡中有激情、诙谐中又含有深意的话语，表述的学术思想处处闪耀着辩证法的光芒。像他一贯要求的那样，全面地、联系地、发展地看待问题和分析问题就是他的治学特色。他常说做学问不能仅靠博闻强记，不能陶醉于较高的学分中，而应好学深思，这样才能有所创新和发展。许多同学回忆：朱夏老师常跟大家谈系统论的学术思想，要求大家多掌握一些现代系统论的知识，多读点科学哲理方面的书籍。他从不轻视直观的实证，但更重视理性的思辨。一直强调"思"（think）在学术研究、在找油实践中的重要性，引导大家用系统的、发展的眼光，海纳百川，善对中国含油气盆地及其形成的构造背景进行辩证的综合。

正是这样，朱夏在20世纪60年代就提出了油气盆地的形成、演化的整体包含着两种体制，进而在70年代对这样的运动体制分析概括为历史演化、全球联系、深部根源和动力作用方式等诸种方面，独步一时，开学界之先河。即使花甲之年来同济大学培养学生，依然集中思维开拓着中国大陆边缘构造演化研究的新领域。所有这些理论思维与地质事实均融于一炉，寓哲理深思和丰富内涵于一体，文字洗练隽永，而同学们则从他的思想中获得启发，真真切切地感受到那深邃思想的光辉。

除了精心培养学生之外，朱夏还积极支持子女投身石油战线。他的三个子女，除了生在瑞士的次子朱铭在上海从医，任主任医师和博士生导师外，长子朱铉、李小秋夫妇，女儿朱樱、女婿丁道桂，都长期从事石油勘探方面的工作并取得高级技术职称。丁道桂和朱铉在他们从事的地质和地球物理领域中，取得不少研究成果并有一定的知名度。朱铉作为《海相深层碳酸盐岩天然气成藏机理、勘探技术与普光大气田的发现》项目的主要完成者之一，2006年获得国家科技进步一等奖，2011年获得中国地球物理《顾功叙奖》。父子两人分别在为国家发现大油田、大气田工作中作出贡献，堪称石油战线一段佳话。

当朱夏自知将要告别人世之时，虽然吐字有些含糊，头脑却仍然十分清晰，一方面惦记着大家科学调研的进展，一面回顾着自己人生，自谓小可。从他自幼就立下的四个计划看，实现了十年求学，读上万卷书；十年地质实践，踏遍沙漠青山万里路；十年盆地科研，站在地球之外预测石油；十年育人，但愿后生走向海洋远望蔚蓝。回顾国难百年，奋力和平崛起，重新立足世界，唯望人才济济。拓展全球经济，必然依托科技，体制不断改革，开创自主科研环境。

就这样，1990年11月25日，朱夏在学生们的爱戴中走完了他愿望的人生四部曲。

在众多学子眼里，嵯峨的大山，造就了老师朱夏深沉而宽广的胸襟；诗情墨意，熏染出他脱俗而雅隽的情怀。他借物喻人，以物明志，常跟大家谈诗、谈武侠小说、谈他转战东西南北的经历。在他看来，苦乐是相对的，如果一个人有浓厚的兴趣，那么在人家看来是很苦的事情，对他却是一大乐趣。爬山虽然辛苦，但登上山顶那种"一览众山小"的境界，情景交融终会使人感到心胸开阔、意境超脱，使人忘却全身的疲劳。他还认为，搞地质所享受到的不仅仅是这样的一种乐趣，用理性的眼光去探索山脉的形成、变迁所得到的乐趣也是很多很多的,更不用说在发现了一处矿藏或解决了某个科学问题时的那种兴奋之情。在他看来,地质生活与其说是艰苦的,勿宁说是壮丽的。就是这样,他不仅仅传授学生知识,而且还千方百计培养对专业的兴趣和爱好,以他那种乐观、豁达、高雅的情操深深感染着众多的学子。

朱夏老师是谦谦君子,真正的学者。他在简陋的住所里,坐在沙发上,怡然自得地构思文章。他在穷山僻壤里,创作出一首首格调高雅、风格独特的诗作。他总是这样教导学生:人生世上有许多坎坷不平,可能受人毁谤,也会被人误会,但只要自己光明磊落、襟怀开阔,总可与人为善,而且是得道多助的。他一直在告诫学子们要处理好与同学、老师之间的关系,科学家是在竞争中成长的,没有竞争就没有成绩可言,但脱离协作孤立地搞是不行的。他提倡君子之争,而不是用犯规的动作来战胜对方。

在他立志、求学、报效祖国和培养人才的历程中,虽然步履坎坷,几经磨难,但他总是淡然处置,从不消沉。即使在那70年代的困境下,仍然本着一个知识分子的使命感,面对世界地质浪潮进行深刻而全面的思考。

在众多学子面前,他的学问高深,人品更高尚;他不重名利,也不附权势,爱憎分明,忧国忧民,以社会良知和奉献的精神成为知识分子的楷模。

"子欲养而亲不在,生欲报而师已逝",人生的悲哀,莫过于此。回忆导师对学生的恩情,导师的人品、学问,学生们不禁潸潸泪下。古人有"薪尽火传"之说,作为学生,当相互勉励,与学界先进一起,

朱夏先生遗照

接过导师遗下的学术思想和为人之道，用自己的努力和成果来告慰他的在天之灵。

朱夏的挚友、学生、广大的地质工作者们，深情地祈祷这位才华横溢的诗人在天之灵永远如行云流水般飘逸自如，祝愿这位建树卓著的地质学家永享宁静、愉悦安康！

朱夏终于带着他未竟的研究事业走了，这是学术界的不幸；然而，足以让他在天之灵和学术界同仁倍感欣慰的是：在他身后的二十余年间，年轻的俊彦英才正沿着他指引的正确方向，将他生前展开的一系列研究奋力推向前进，并在前行的征程中有所收获，有所创造，有所感悟，有所启迪。

附录

朱夏年谱

1920　9月10日出生于上海市，祖籍浙江省嘉兴市。自幼受家庭教育。

1931　进上海正始中学高中。

1935　考入上海交通大学物理系。

1936　考入南京中央大学地质系，抗战期间迁往重庆就读。

1940　大学毕业考入重庆中央地质调查所工作。先后参加四川威远构造详查、川康边境地质矿产调查和变质岩研究，黔湘边区和贵州开阳、务川汞矿调查工作。参加黄汲清先生领导的1:300万中国地质图和1:100万分幅地质图的编制工作。1944年曾有半年在重庆中央大学地质系任教。

1946　婚后考取公费留学瑞士苏黎联邦理工学院（E. T. H.）深造，夫人严重敏安顿家养后也赴瑞士留学。

1949　新中国诞生，朱夏夫妇毅然中止学业，8月离瑞返国。朱夏在杭州协助组建浙江省地质调查所，任副所长。

1951　在上海参加筹建华东工业部地质处。撰写《矿物原料概论》《中国的金》等专著。

1952　参加全国民主青年联合会，当选为委员。

1953　奉调北京地质部地矿局主管煤田勘探。译著《煤地质学的理论问题》《构造断裂的分裂及其几何研究方法》。

1955　开展准噶尔盆地石油地质普查，任地质部新疆石油普查大队地质队及新疆地质局任副总工程师。撰写《新疆准噶尔盆地的油气远景评价》，为我国解放后第一个大油田克拉玛依油田的发现奠定基础。

1956	开展青海柴达木盆地油气普查，任地质部青海石油普查大队主任地质师。发现冷湖浅层工业油流和马海、盐湖构造天然气。曾穿越可可西里和唐古拉山，探索柴达木盆地形成机制，撰写《柴达木盆地的地质问题》。
1958	"反右"期间调回北京，安排去东北吉林地质部组织的指挥部协同石油工业部勘查松辽盆地石油。翌年8月，调回北京任地质部地质研究所石油地质研究室主任，兼任地质部石油地质局副总工程师。
1962	调任南京地质部华东地质矿产研究所副所长，负责审定验收华东各省1:2万野外地质调查；并主持筹建海洋地质研究所。自立盆地研究命题，1963年以内刊译文代序发表《关于含油气盆地的讨论》(1965年该文以《我国中新生界含油气盆地的大地构造特征及有关问题》为名列入专著公开发行)。
1964	当选为第三届全国人大代表。
1966	文革期间遭受隔离，仍全心引入全球板块构造理论，署名Z.X.的译著《板块构造的岩石记录与历史实例》内刊。
1973	应地质出版社邀请翻译《动力地球学》于1978年发行。
1975	任江苏石油勘探指挥部副指挥兼总工程师。应中央领导王震同志邀请，就早期黄金地质调研知识提出重要建议。
1978	获全国科学大会奖。当选第五届全国人大代表、第五届江苏省人大常委委员。
1979	以中国代表团团长身份赴荷兰参加国际沉积学会北海盆地海洋沉积讨论会，应聘为国际地科联沉积学会特别委员会委员。又以中国代表团副团长身份赴加拿大参加联合国长远能源会议。同年，在北京筹建地质矿产部石油海洋地质局研究所，并在江苏无锡地矿部石油中心实验室内设盆地研究室，邀请国内同行研讨我国中新生代盆地，主编论文专著《中国中新生代盆地构造和演化》，列入石油地质学基础理论丛书，1983年科学出版社发行。

1980	赴巴黎参加国际地科联第 26 届大会，在大会宣读论文《论中国油气盆地的构造演化》。
1981	当选中国科学院学部委员，兼任同济大学教授、博士生导师。指导思想按中国陆缘差异安排研究课题，论文《关于中国大陆边缘构造演化》发表于《海洋地质与第四纪地质》杂志 1987 年第 7 卷第 3 期。
1982	获国家科委首次颁发的"国家自然科学一等奖"，以表彰"大庆油田发现过程中的地球科学工作"。
1983	为第六届全国人大代表。任上海海洋地质调查局技术顾问。就东海油气勘探提出建议。
1986	以《朱夏论中国含油气盆地构造》集中 20 世纪 80 年代论文出版专著，发表自序。
1988	定居上海，当选第九届上海市人大代表。
1989	促进中外学科交流，主编《中国沉积盆地》作为世界沉积盆地丛书首卷，由荷兰埃尔塞佛出版社出版。中文版由朱夏、徐旺主编，取名《中国中新生代沉积盆地》，石油工业出版社 1990 年 5 月发行。
1990	在"七五"国家重点科技攻关项目评审会上的讲话经录音整理为《活动论构造历史观》，发表于 1991 年《石油实验地质》第三期。
1990	11 月 25 日病逝于上海华东医院，终年 71 岁，墓葬江苏无锡市青龙山公墓。
1992	4 月，中国地质学会石油地质专业委员会和海洋地质专业委员会召开中国油气盆地分析暨朱夏学术思想研讨会，文集 1993 年由石油工业出版社发行。
1993	地质出版社发行《朱夏诗词选集》。
2000	中国地质学会石油地质专业委员会、中国地质学会海洋地质专业委员会和中国石油地质学会再度召开朱夏油气地质理论应用研讨会，文集由地质出版社 2001 年发行。

后记

为了传承朱夏自主科学创新的精神，中国石化石油勘探开发研究院无锡石油地质研究所决定以传记形式撰写朱夏一生的历程，启迪后人。特此在2003年委托南京大学新闻系罗静、王月清老师着手撰写本书。两位作者奔波于全国各地，多方采访了朱夏先生的亲朋、好友、同事和学生，查阅了大量资料，核定了很多事实，在听取各方面专家的意见后，于2005年完成了"地质诗人朱夏"书稿。为了更充实朱夏先生在盆地地质分析方面的学术成果，后经讨论，决定由张渝昌执笔，会同张炎炎、许佩芳和江兴歌等进行补充完善，但由于张渝昌心脏手术健康状况不佳以及其他种种原因，几经易稿，进展断断续续，一直拖到现在，总算可以付梓了。

本书以报告文学的形式对朱夏先生自幼立下读万卷书、行万里路、科学研究、培育后生的四个"十年计划"并终其一生坚持实现的历程作了较为系统的叙述，介绍了他为祖国地质事业和地质学理论做出的卓越贡献，可供中国科技工作者参考。

全书编撰中一直受到同济大学和南京大学等教学单位的关注，特别感谢刘光鼎院士、周祖翼教授、廖宗廷教授、徐旭辉教授、朱铉教授在本书编撰过程中给予的支持。感谢本书在编撰、出版过程中，无锡所李华东、王再锋、高长林、江其勤、贺国庆等同志的支持。

作者

2016年7月6日

图书在版编目（CIP）数据

诗人地质学家朱夏 / 罗静等著 . -- 上海：同济大学出版社，2016.8
ISBN 978-7-5608-6462-4

Ⅰ．①诗… Ⅱ．①罗… Ⅲ．①报告文学－中国－当代 Ⅳ．① I25

中国版本图书馆 CIP 数据核字 (2016) 第 171936 号

诗人地质学家朱夏

罗静　王月清
张渝昌等　著

| 责任编辑 | 张翠 | 责任校对 | 徐春莲 | 装帧设计 | 每日一文 |

出版发行　同济大学出版社 www.tongjipress.com.cn
　　　　　地址：上海市四平路1239号　邮编：200092　电话：021-65985622
经　　销　全国新华书店
印　　刷　上海中华商务联合印刷有限公司
开　　本　710mm×980mm　1/16
印　　张　10.5
字　　数　210 000
版　　次　2016年11月第1版　2016年11月第1次印刷
书　　号　ISBN 978-7-5608-6462-4
定　　价　38.00元